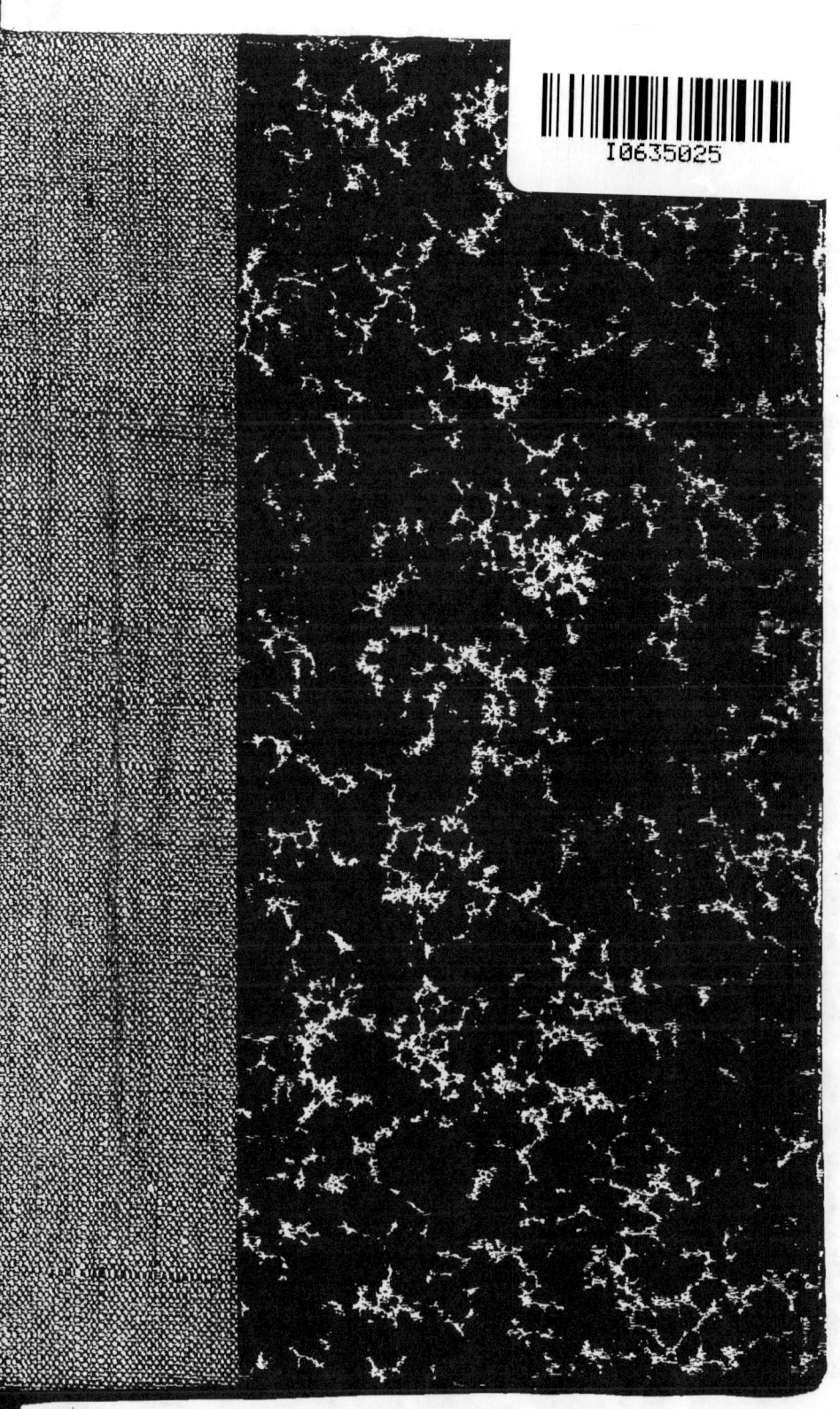

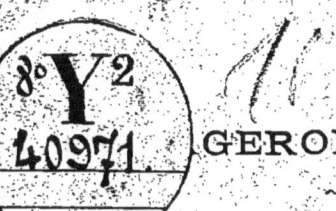

PRIX : **60** *centimes.*

GEROLLE & P. COSSERET

BOHEME BOURGEOISE

1587

PARIS

Ernest FLAMMARION, Éditeur

26, rue Racine, 26.

BOHÈME BOURGEOISE

G. FRAGEROLLE ET P. COSSERET

BOHÈME BOURGEOISE

PARIS
ERNEST FLAMMARION, ÉDITEUR
26, RUE RACINE, PRÈS L'ODÉON

BOHÈME BOURGEOISE

CHAPITRE PREMIER

Ce jour-là, la rue de Paris, la Canne-
bière havraise, est en révolution.

Devant les magasins, tournant le dos
aux vitrines, les promeneurs automates,
qui sans cesse déambulent de l'Hôtel-
de-Ville à la jetée et de la jetée à l'Hôtel-
de-Ville, interrompent l'habituel va-
et-vient ; pimpantes filles de boutique,
fashionables commis laissent là le comp-

toir et viennent à la rue. La *Tortue*, le
petit tramway à toit écrasé en forme de
carapace qui, normalement, se traîne à
l'aise sonnant la ferraille tout le long de
la chaussée, la *Tortue* est aujourd'hui
à chaque instant dépassée par des fiacres
qui, pour les psychologues curieux de la
physionomie des choses, semblent étonnés d'aller si vite ; là-bas, place de la
Mâture, apparaissent des équipages dont
les vernis frais-frottés ont des luisants
métalliques ; les chevaux fourbis à clair
étincellent de mors, de gourmettes et des
mille riens de la bijouterie hippique ;
deux bais-bruns qui chatoient au soleil
comme des satins mordorés ont la rose
à l'oreille ; un alezan bourgeois, trop
bien nourri, arbore la cocarde poly-
chrome.

C'est aujourd'hui fête de famille ; ce cor-

tège, c'est le « retour » de la distribution
des prix ; et on s'intéresse aux lauréats,
rue de Paris ! chaque négociant a au
moins un petit cousin chargé de sou-
tenir l'honneur du nom dans les luttes
universitaires.

De tous les équipages, le plus somp-
tueux et le plus regardé est celui de
Mme Larose, propriétaire des grands
magasins de blanc, nouveautés et confections : *A la Ville de Clermont-Ferrand*.

Dans la victoria, près de sa mère sou-
riante d'orgueil satisfait, est assis le
jeune Larose (*Théodore*, dit le Palmarès).
C'est le héros du jour, le second prix de
dissertation française au Concours général des lycées et collèges départe-
mentaux. On se le montre avec des désirs
d'applaudir, car c'est lui surtout qu'on
est venu voir : une illustration future,

une gloire de la cité, qui sait? peut-être
un préfet en germe, un ministre de l'a-
venir. Un second prix de dissertation au
Concours général !

— Ils ne sont pas beaucoup, chaque
année, en France, qui décrochent cette
timbale-là ! fait judicieusement observer
à son « épouse » le père d'un excellent
cancre.

C'est l'avis de tout Havrais en « ce
beau jour », comme l'a dit le proviseur
dans une touchante allocution.

La mère du lauréat a immédiatement
convoqué une sorte de conseil de famille,
quelque chose comme un conseil des
anciens où délibéreront, à défaut d'ascendants, trois cousins, d'âge mûr, de pru-
dence reconnue. Pour « *pousser ce garçon-
là sans perdre une minute* », les idées de trois
hommes pratiques et ayant sérieuse con-

naissance de la vie ne peuvent pas nuire.

Aux trois cousins se joindra, par pure convenance d'ailleurs, un quatrième parent qui exerce au magasin de blanc et nouveautés les fonctions modestes de caissier-adjoint. Il ne viendra là qu'en sous-ordre : il sera adjoint à la délibération comme il est adjoint à la caisse. Le pauvre diable fut recueilli naguère par feu M. Larose ; il mourait de faim au retour de bizarres pérégrinations dans les selvas du Brésil, pauvre comme Job, mais pourvu de toute la collection des fièvres intertropicales. Après tout, il est de la famille. Et puis il n'est pas gênant, il ne dira pas grand'chose.

*
* *

Quand le jeune Larose descendit de voiture, flanqué d'un domestique en

livrée portant les prix et les couronnes,
et pénétra dans le magasin, la rue de
Paris, houleuse tout à l'heure, retomba
subitement au calme plat. Les boutiques
retrouvèrent leur paisible activité : on
pesa, on métra, on auna, on encaissa
comme si rien ne s'était passé.

Le lauréat traversa d'un air morne les
salles de *Blanc et Confections*, indifférent
aux sourires louangeurs des commis,
aux œillades des demoiselles qui le
frôlaient de leurs jupes à la ceinture des-
quelles brinqueballaient de longs ciseaux.
Parvenu à l'escalier, il se promettait déjà
quelques heures de repos dans sa chambre, tenaillé par une migraine féroce
qu'avait exaspérée l'émotion d'un pareil
jour, quand sa mère le rappela.

— Théodore, dit-elle, on t'attend pour
causer sérieusement.

Et sans plus d'explications, ouvrant la porte d'un petit salon qui lui servait de bureau, elle poussa le jeune homme abasourdi au beau milieu du concile !

Les cousins se levèrent, très courtois, et saluèrent madame Larose ; puis, poignées de main, congratulations, et chacun se rassit avec solennité : la séance était ouverte.

Peu enthousiasmé, la mine lasse et distraite, Théodore restait debout, jouant machinalement avec une couronne oubliée à son poignet.

— Tudieu ! mon gaillard ! quelle figure pour un triomphateur ! s'écria le cousin Anthime.

Il parlait fort, le cousin Anthime, par habitude campagnarde. Et comme il mangeait tranquillement en un cottage ses dix mille livres de rentes, qu'il

avait bassets au chenil, pipes et fusils
au râtelier et flacons poudreux à la cave,
on l'appelait le « gentleman farmer »,
mais « gentleman farmer » très détaché,
très « *au-dessus de ça* », ne plantant guère,
récoltant moins, et se fichant pas mal de
l'agriculture. Homme posé quand même ;
ce que dix mille livres de rentes donnent
de poids à un homme ! Pour cela on tolérait sa fantastique coupe de barbe, ses
prodigieux complets de velours côtelé,
ses lourdes bottes, et le parfum *sui
generis* qu'il devait à ses pipes. Il avait
cinquante-cinq ans et ne s'était jamais
marié. On lui laissait son franc parler :
pourtant, cette fois, son exclamation lui
attira un méprisant regard du cousin
Poupel, le grand raffineur, qui s'inter-
posa par une réplique où les mêmes
mots revenaient sans cesse et frappaient

lourdement comme des coups de marteau.

— Toute chose, dit-il, dans la vie, a
son côté sérieux. Le succès lui-même a
son côté sérieux. Si Théodore ne se con-
tente pas de se réjouir de son succès,
c'est que ce succès lui présente de sérieux
devoirs. Ce succès n'est pas un couron-
nement, c'est un début dans la vie.

L'industriel débita son discours d'une
voix caverneuse, volontairement empha-
tique, ponctuant ses phrases de « heu !
heu ! » profonds d'intention et destinés
à masquer la pénurie des mots et des
idées.

Quand il eut achevé son morceau de
haute morale, il se renversa mollement
dans son fauteuil et demeura béat, la
lèvre tombante, comme détendue par
l'effort accompli, hébété, majestueux.

— C'est, comme vous le dites excellemment, un début dans la vie ; j'ajouterai un excellent début, répliqua maître Le Gory, avocat général près la cour de Rouen, depuis quelques jours en congé au Havre. Vous ne l'ignorez pas, tout début suppose une suite, et c'est précisément de cela que nous avons mission de nous entretenir. L'homme sans profession est actuellement une monstruosité sociale : il faut aviser *hic et nunc* au sujet de la filière à suivre pour notre cher cousin Théodore. La fin des études doit, si j'ose m'exprimer ainsi, sonner la diane de l'existence active. Le collège, c'est l'incubation. Rien ne saurait désormais empêcher le jeune captif d'éclore aux réalités du monde qui lui sera bientôt révélé. De toutes ces réalités, la seule consolante, la seule belle, c'est le travail.

Or, il est plus d'une carrière, la magistrature, par exemple...

— Mon Dieu, interrompit le raffineur
qui avait eu le temps de reprendre
ses esprits et de collectionner des « heu
heu » éloquents, pourquoi n'aiderait-il
pas tout simplement sa mère à... heu...
à diriger l'importante maison qu'elle
gère? Les affaires mènent à tout, voire...
heu... voire aux honneurs... Moi... je
suis conseiller municipal... Un fils ne
déchoit pas à continuer les affaires de
ses parents... En Angleterre, les Anglais
tiennent à honneur de perpétuer la
raison sociale paternelle... Rien n'est
plus... heu... plus respectable et pourtant
rien n'est moins rare que de voir chez
nos voisins, sur la porte des négociants
les plus illustres, une inscription de
ce genre : *Brown and son*, ou *Smith*

and son, ou *Pignuff and son!* C'est un
exemple à suivre : *Veuve Jérémie
Larose et fils,* ce n'est déjà pas si ridicule. Puis les affaires... ça rapporte...

— Bah !... les affaires... les affaires...
répliqua le cousin Anthime... vous en
avez plein la bouche... Ça rapporte... ou
ça perd... J'espère bien que le cousin ne
vous écoutera pas... pour perdre les
quatre sous qu'il a. Ça présente du danger ces petites machines-là ! Mme Larose,
qui est une femme d'ordre et de tête,
peut s'y reconnaître et faire prospérer
son magasin... mais qui vous dit que le
crapaud ferait de même ?... Il com-
mettrait peut-être un tas de boulettes...
Il ne serait pas le premier. S'il veut
m'en croire, il fera comme moi... Il est
à l'abri de la gêne... pourquoi diable se
donner du mal pour se rendre malheu-

reux quand il suffit d'un coin de terre à la campagne, d'une ou deux paires de bassets et d'un lefaucheux pour se faire du bon sang à loisir?

— Vous ne parlez que de basses satisfactions, continua l'avocat général ; l'homme a des besoins intellectuels...

— Bon ! puisqu'il vient d'obtenir un prix de philosophie, il méditera sur l'activité humaine et sur l'éclosion des esprits à la diane des réalités... Est-ce bien cela ?

Et le cousin Anthime eut un gros rire.

Mais l'avocat général se froissa.

— Plaisanter n'est pas répondre, répliqua-t-il ; le but de cet entretien a son importance. Nous cherchons pour notre cousin Théodore une carrière où il puisse brillamment faire montre des facultés dont il a fait un si bon usage

2

pendant sa dernière année scolaire, et
puisque nous voici en plein dans le sujet,
j'oserai lui conseiller la magistrature.
L'étude du Droit jointe à son application
et complétée par l'étude de l'homme,
quoi de plus fécond...

— Et de moins... heu... de moins productif pendant longtemps ?... gronda
M. Poupel.

Scandalisé par cette interruption bru-
tale, maître Le Gory perdit un instant
l'usage de la parole et darda sur le raffineur des yeux ronds d'horreur.

— Mais, hasarda timidement le quatrième parent qui n'avait point encore
ouvert la bouche, il me semble que
personne n'a encore consulté la partie
intéressée...

Ceci dit, le caissier-adjoint se tut,
effrayé de son audace.

— Pourvu, pensa Mme Larose, qu'il
n'aille pas lui recommander le métier
d'explorateur !

Puis, tout haut :

— En effet, Théodore, tu ne nous as
jamais fait part de tes intentions ?

Le jeune homme qui, jusque-là, avait
dormi debout, très peu captivé par le
conciliabule, se réveilla en sursaut à cet
appel direct.

Fièrement il redressa la tête, marcha
vers la table couverte de ses prix et, la
main gauche à la poitrine, la droite sur
les volumes, il prononça d'un air fati-
dique ces seules paroles :

— Je ferai de la littérature !

Cette révélation fit l'effet d'un coup de
foudre.

Mme Larose, le raffineur, le magistrat
eurent un sursaut de révolte ; l'explo-

rateur-caissier se tapit dans son coin tandis que le cousin Anthime éclatait de rire.

—Ah çà ! mon garçon... tu perds la boule ! s'écria-t-il. Non seulement ça ne sera pas lucratif cette profession-là, mais encore ça te coûtera chaud !

Maître Le Gory tenta de tirer parti de la situation.

— Voyons, Théodore, vous désirez écrire. Un écrivain doit, si j'ose m'exprimer ainsi, élargir autant qu'il peut le cercle de ses connaissances, faute de quoi l'essor de ses idées serait à chaque instant restreint par l'insuffisance des notions acquises. Or, le Droit, en exerçant sans cesse votre ingéniosité aussi bien que votre raison, peut vous aider à saisir le fil d'Ariane qui vous guidera au milieu des labyrinthes de la pensée.

Enfin, si les poètes de l'antiquité ont oublié de la placer au nombre des Muses, Thémis n'a jamais été l'ennemie des filles de Mnémosyne. Notre grand satirique — j'ai nommé Boileau-Despréaux...

— Une ganache, songea Théodore.

— Etait fils d'un greffier au Parlement et passa sa prime jeunesse à étudier la jurisprudence.

Théodore fit une grimace de dédain ; mais sa mère approuva chaudement l'argumentation du magistrat. Elle voyait déjà son fils coiffé de la toque, drapé dans la toge et parlant d'une voix forte, impérieuse, au nom de la justice outragée.

Pendant ce temps, M. Poupel gardait une sérénité olympienne. Du moment où l'on écartait le commerce, peu lui im-

portait. Le cousin Anthime sifflotait une
fanfare de chasse ; l'explorateur était
parti à mille lieues de là, dans les selvas
du Brésil.

Théodore réfléchit quelque temps, puis
soudain s'écria :

— Soit !... je consens à m'abrutir sur
le Code...

Maître Le Gory sursauta, mais Théodore point intimidé continua :

— Mais à une condition.

— Laquelle ? dit Mme Larose.

— J'irai faire mon droit à Paris.

— Imbécile, murmura le cousin
Anthime.

. . . .

Trois mois après, Théodore Larose
débarquait à la gare Saint-Lazare, muni
de recommandations et d'argent de
poche.

CHAPITRE II

Théodore arriva à Paris vers le 15 octobre.

L'homme de peine qui transborda les malles de la gare au fiacre 2432 l'entendant parler à mi-voix de « champ de bataille de la vie », le prit d'abord pour un militaire en permission; puis pour un acrobate en tournée quand Théodore, monologuant à la Rastignac, prononça les mots « arène littéraire et artistique »; ensuite pour un « pingre », quand le jeune homme lui eut mis dans la main vingt centimes de pourboire.

C'est à l'*Empereur François-Joseph*, vieil hôtel de la rue de Tournon, que se fit conduire le jeune Havrais. Il déposa ses colis au plus vite et sortit impatient d'explorer la terre promise, et tout à la fois glorieux et troublé de l'avenir splendide qu'il voyait, ou croyait voir, rayonner à ses yeux. Durant les années de collège, feu M. Larose, de temps à autre, l'avait amené à Paris, aux grandes vacances ; mais jamais l'arrivée ne l'avait autant émotionné.

L'impression première fut cependant maussade.

Il longeait le Luxembourg : les arbres dépouillés de feuilles dressaient au ciel de longs bras noirs. Les jardins de Paris n'ont point d'automne, prestigieuse sai-

son où la nature, comme une femme
dont la beauté va se flétrir, se maquille
savamment, et se fait belle avec des ors
et des pourpres. Théodore cherchait vai-
nement ces teintes chaudes, et, songeant
aux bois rouillés de la côte d'Ingouville,
se sentit froid au cœur. Il traversa la rue
de Médicis, descendit le boulevard Saint-
Michel, le remonta pour le redescendre
encore, désappointé. Les écoles n'ouvrant qu'au commencement de novembre,
le quartier Latin était désert et Théodore
se prit à regretter la demi-animation de
sa « rue de Paris » havraise. Il passa
l'inspection des cafés qui bordent le
boulevard et, en ayant découvert un à sa
guise, il y pénétra. Des consommateurs
peu nombreux jouaient aux dominos,
plaquant brusquement les dés sur le
marbre, parlant à voix pleine avec une

diversité d'accents où dominaient pourtant les intonations méridionales. Théodore prit un journal dans un coin, feignit
de lire ; puis ayant compris, par la conversation des joueurs, qu'il se trouvait en
présence d'étudiants en médecine prépa-
rant l'examen de novembre, il paya son
bock et sortit.

Dehors il recommença son inspection,
s'ingéniant à deviner quel pouvait être le
bienheureux cabaret où chambrait cette
jeunesse littéraire tant célébrée par
Murger. Tous les cafés du boulevard y
passèrent ; mais, hélas ! partout d'odieux
bourgeois se livraient à des amusements
ridicules en causant comme des palefre-
niers ; partout la même banalité déce-
vante, différant seulement en ce que
dans certains établissements les méri-
dionaux étaient simplement en majorité,

tandis que dans certains autres ils acca-
paraient toutes les banquettes et toutes
les chaises, voire le comptoir, et brail-
laient leurs inepties en patois provençal :
*la médicino, lou professou, l'examin de
nouvembré*. Tout à coup, Théodore eut
comme un vertige. En suivant la rue de
l'Ancienne-Comédie, fatigué de ses recherches, saturé de bière et profondé-
ment dégoûté, il lut soudain sur une devanture brune d'aspect cossu et vieillot
cette magique enseigne :

CAFÉ PROCOPE

Le café Procope! Une mecque littéraire! En un clin d'œil, les amusantes
silhouettes de Piron, de l'abbé Desfon-
taine passèrent devant les yeux éblouis
de Théodore; le rictus même de Voltaire
lui vint aux lèvres. Et il entra. La salle

du bas, divisée en deux compartiments à
peu près semblables, était d'un luxe éteint
et suranné : des dorures passées, des
boiseries à teintes neutres, des glaces
comme dépolies. De vieux bonshommes
de physionomie douce et benête, gras et
chauves pour la plupart, s'acharnaient
au whist; d'autres clients plus jeunes,
plus fougueux, péroraient sur le « ma-
rasme des denrées alimentaires » ou « la
stagnation des textiles » en jurant comme
des païens. Un monsieur hagard, à barbe
sale, à front d'inspiré, compulsait laborieusement un gros livre, s'interrompant
de temps à autre pour sommer le garçon
de ne pas « s'endormir sur le gigot ».

— J'attends toujours mon absinthe,
grognait-il.

Théodore pensa que celui-là « piochait
ferme ». Ce devait être un littérateur

courbé sur sa tâche. Il s'approcha... le monsieur inspiré lisait le Bottin en prenant des notes !

— Bon ! se dit le jeune Larose, les bas-fonds sont réservés à la vile plèbe non pensante ; mais sans doute le premier étage est consacré à ceux qui vivent de l'Idée. Montons l'escalier.

En haut, une petite pièce ornée d'une large table autour de laquelle étaient symétriquement disposés des fauteuils de velours rouge très fatigués (un vrai décor de Conseil d'administration), pièce solitaire et bonne pour les misanthropes. A côté, « le billard », au contraire, regorgeait de monde ; des caramboleurs hurlaient en sauvages en s'exerçant à trouer les tapis. En galerie, des malandrins à figures commerciales discutaient les coups, oubliant parfois les massés et les coulés pour dire son fait au ministère.

Notre Havrais eut des nausées. Qu'était devenue la cour d'esprit du dixhuitième siècle ? Où donc ces gens de lettres, ces abbés de ruelle et toute cette tourbe distinguée nourrie des encyclopédistes? Il dégringola l'escalier et s'enfuit, et dans la rue exhala sa douleur.

— Jolie époque que la nôtre ! Les épiciers envahissent jusqu'à Procope! Où Voltaire et Piron se criblaient d'épigrammes, des quincailliers font des retros!!!

Mais c'était l'heure du dîner.

Larose désespéré entra dans un restaurant ordinaire, mangea d'une façon quelconque, assaisonnant son repas de l'amertume de ses réflexions. Il avait bien des lettres de recommandation : sa famille n'était pas sans relations pari-

siennes; mais quelle collection d'abru-
tis, tous moins artistes les uns que les
autres ! Et certes, ces fossiles-là ne le
renseigneraient pas sur les centres poéti-
ques qu'il cherchait avec tant de ténacité.
Au dessert, son front resplendit : il avait
une idée ! La littérature chevelue ne devait point fréquenter les cafés du boulevard Saint-Michel ; c'est dans les rues
écartées, recoins du vieux Paris, anti-
ques tavernes d'escholiers épargnées par
la pioche du démolisseur, qu'elle devait
tenir ses assises. Il se remémora, pour se
donner du cœur, les délicieuses tabagies
où Rodolphe et Colline fumaient de longues pipes noires. Murger toujours le
hantait. Ayant payé son addition, il se
remit en route aussitôt.

Et la même course recommença,
anxieuse, fébrile.

Dans toutes les brasseries de la rue
Racine, de la rue Champollion, de la rue
Monsieur-le-Prince, de la rue Saint-
Jacques, on vit un jeune homme de plus
en plus pâle qui commandait invaria-
-blement un bock et invariablement
aussi sortait furieux quelques minutes
après. Seulement, au début de la soirée,
Théodore avalait son bock d'un coup,
tandis que vers minuit il y trempait à
peine ses lèvres.

Les cafés commençaient à se vider, et
ses perquisitions demeuraient vaines. Il
entra, rue Monsieur-le-Prince, dans une
brasserie servie par des femmes.

Une jeune Hébé blonde, d'un blond
laborieusement obtenu, s'assit en face de
Théodore.

— C'est tout ce que tu payes?

Et sans attendre de réponse elle déposa près du « moss » de son client un verre rempli d'un liquide assez peu engageant.

Théodore, dans ses sorties du dimanche au Havre, n'avait jamais bu tant de bière. Ivre déjà, quelque peu comateux, il regardait la fille et la voyait se multiplier à l'infini, reflétée dans deux glaces parallèles.

Tout à coup, sortant de sa torpeur, il lui dit à brûle-pourpoint :

— Vous ne savez pas quel est le café littéraire du moment?

La fille ouvrit de grands yeux étonnés et répliqua :

— Qu'est-ce que tu dis?

Théodore répéta sa question mais sans plus de succès.

La servante ignorait totalement ce que pouvait être un café «... comme vous dites », mais elle allait le demander à la caisse.

Elle se dirigea vers le comptoir et parla bas à une grosse femme embusquée derrière les carafons. La caissière d'un geste appela deux ou trois houris peignées à la chien, lesquelles, après un long conciliabule, marchèrent droit sur notre second prix d'honneur de philosophie, la grosse femme en serre-file.

Théodore sentit le ridicule l'envahir et, devant l'horreur de la situation, pensa tout d'abord à se retirer ; mais il comprit que sa retraite titubante manquerait de prestige et attendit la charge de pied ferme. Le bataillon féminin fit halte auprès de la table.

— Monsieur demande ? susurra la grosse femme.

— Oh ! répondit Théodore d'un ton

décidé, je voulais savoir tout bonnement
de cette petite si elle connaissait au
quartier Latin un café où se réunissaient
les gens de lettres.

— Mais parfaitement, répliqua la plan-
tureuse caissière ; je n'avais rien entendu
au charabia de cette petite sotte de Nini.
C'est ici que se réunissent tous ces messieurs. Pas plus tard que tout à l'heure,
juste à la place où vous êtes, nous avions
M. Paul, un professeur de l'insti-
tution Rafut ; nous voyons régulièrement à l'absinthe un jeune homme qui
est dans un journal, à preuve qu'il y
passe la nuit, et beaucoup d'autres personnes encore.

— J'ai un de mes clients, opina une
forte brune, qui fait la petite correspon-
dance dans la *Gazette des Filateurs* et le
passe-temps quotidien dans le *Petit*

Prolétaire. Il est vrai qu'il a un état sérieux en dehors de ça, puisqu'il est
comptable.

— Au fait, continua Mlle Nini se ravi-
sant, mon amant passe sa vie à écrire...
il est clerc de notaire ; même qu'il
écrit si bien que son patron l'a chargé
une fois de copier une lettre pour
le comte de Paris. Ils lui disaient
comme ça tous les deux que la France
s'ennuyait, qu'elle avait besoin d'un gant
de fer dans une main de velours et que le
prince Napoléon était une fripouille !
S'il n'est pas homme de lettres, celui-là !

— Vous voyez bien, monsieur, fit la
grosse dame, de plus en plus engageante,
que c'est bien ici. Il faudra revenir nous
voir et souvent. Je suis sûre que vous ne
nous quitterez pas ce soir sans offrir une
petite tournée à ces dames.

Théodore pensa éviter le ridicule en s'exécutant. Il paya et se sauva au plus vite.

Quand il passa devant le garçon de l'hôtel, les yeux lui sortaient de la tête. Il n'eut que le temps de se jeter tout habillé sur son lit où il se mit à ronfler.

— C'est-y pas une pitié d'être obligé d'attendre jusqu'à cette heure-ci pour un seul voyageur, et un sale poivrot encore! ronchonna le garçon. Il a dû s'amuser, celui-là. Quelle cuite, mon empereur! Va donc, eh! soulaud.

CHAPITRE III

Une semaine plus tard, Théodore était lancé en plein mouvement littéraire, et il écrivait à un ancien camarade de collège, resté au Havre, une longue lettre bourrée de documents sur la *jeunesse laborieuse du Quartier*. Dans cette lettre adressée au condisciple avec lequel il avait rêvé d'épopées, de drames en six actes, il y avait déjà des termes protecteurs.

« Que je te plains, pauvre ami, disait-il, de végéter en province, de croupir

dans ce marais d'imbécillité stagnante.
Ne te désespère pas, cependant. Je te
tiendrai au courant du mouvement intellectuel que nous préparons en ce milieu lumineux où se sont développés les
Murger, les... etc. »

Entre temps, Théodore avait fait la
connaissance du célèbre Pinguonnat, la
gloire des brasseries de la rive gauche.

C'était un soir, au « Tir Cujas ».

Il feignait, par contenance, d'écouter
les monologues lancinants d'une longue
fille plate, un peu louchonne, aux cheveux foin, tirebouchonnés sur un front
luisant de pommade.

— Tu sais, chéri, moi, d'abord, je
n'aime pas les Valaques, ni les Corses...
les autres, passe encore !... Tu connais
bien Filippini, le fils d'un pharmacien
d'Ajaccio, celui qui flanque tout le temps

des grands coups de poing sur la table
en me disant : « Eh ! maccabée femelle,
f....-moi un jus de chapeau ! » Ce qui si-
gnifie, en termes polis : « Aboule-moi un
mazagran. » Tu le connais, n'est-ce pas ?
Ç'a a été mon amant pendant trois mois.
Il ne m'a jamais donné qu'une fois cinquante francs et il était ivre. Le lendemain, il voulait que je les lui rende. Ce
que je lui ai répondu : *A cet été, sur la
glace!* Eh bien, quand il est parti de
chez moi, il m'a emporté deux chemises
de surah, un peu défraîchies, mais encore mettables. Il prétendait que c'était
pour se payer... Et Gamalutesco ? un
grand brun, gommeux et salé... qui
était de *Bikarest?* Il a essayé de me
tuer à coups de carafe sur la tête. Ah
non ! mon petit ami, j'aime pas les Valaques et les Corses.

Théodore, avec une patience angé-
lique, absorbait une bille-limonade, en
roulant des yeux effarés pour témoigner
sa sympathie.

Soudain, Mlle Sarah s'interrompit dans
ses doléances.

— Mais, regarde donc là-bas, aux tables de Lucienne, le monsieur blond qui
fume son « Jacob ». Il se met toujours là
parce que c'est tout au fond et qu'il n'y
a pas grand monde. Il n'a jamais rien
offert à Lucienne et passe son temps à
lire... comme un sauvage. Tiens, il a
encore le nez dans un bouquin. Un
client, qui le connaît, m'assure qu'il est
très fort. Eh bien, vrai ! on ne le dirait
pas à le voir. Ce qu'il est maigre ! Comment donc s'appelle-t-il ? Je n'y suis
pas.

Le monsieur débile et blond n'était

autre que Pinguonnat, l'illustre misan-
thrope, le poète, traînant de brasserie
en brasserie son mépris des littératures
modernes et de la « muflerie » contem-
poraine. Du haut d'un binocle juché sur
un nez long, émergeant d'une barbe en
broussaille, ce dédaigneux vous considérait. Il se promenait toujours seul,
chargé de livres, de journaux, de revues,
qu'il dévorait silencieusement dans un
coin.

Voulait-on l'approcher ? Un grogne-
ment de molosse vous éloignait. Il n'a-
dressait la parole qu'à certains étudiants
quelque peu poètes, dont la tournure
d'esprit l'intéressait. Condescendait-il à
discuter avec des profanes ? C'était pour
émettre d'épouvantables paradoxes à
rendre fous ses interlocuteurs.

Sorti de l'École normale dans un très

bon rang, Pinguonnat, jeune et plein
d'illusions, avait consenti à donner au
public un volume de poésies vraiment
remarquables. Le livre, écrit pour les
délicats, n'eut pas de succès. L'auteur,
vexé, se retira sous sa tente et ne publia
plus que des articles spéciaux dans di-
verses revues. Il en vivait, modestement.
Au reste, le producteur s'était fait dilet-
tante absorbant des bibliothèques, et se
délectait aux âneries des confrères. Ré-
véré d'ailleurs comme un Bouddha.

— Mais, au fait, reprit Sarah, je me
rappelle son nom ! C'est quelque chose
comme Pangolin, Pigeonnat... Ah !... j'y
suis. Pinguonnat.

— Vous dites ? glapit Théodore.

— J'ai dit Pinguonnat, répliqua la fille
interloquée.

— Le poète?

— Mais oui ! Le poète !

Théodore s'élança vers l'obscur recoin où gîtait Pinguonnat, s'assimilant pour l'instant la *Revue antédiluvienne.*

— Monsieur, vous êtes M. Pinguonnat?

Le farouche littérateur toisa Larose si dédaigneusement que le pauvre Havrais eut un moment l'idée de se blottir sous la table. Mais il se remit, et continua bravement son petit speech.

— Vous êtes l'homme que je souhaitais surtout rencontrer. J'ai pour vous l'admiration la plus sincère. J'ai soif de vos conseils sans lesquels je ne puis rien. Je vous cherche depuis une semaine ! Enfin, je vous trouve. Pardonnez l'incohérence de mon langage ; l'émotion, la surprise, la joie me paralysent.

Théodore s'étendit longuement sur les mérites de Pinguonnat, puis parla de sa propre famille; il finit par offrir au poète une collaboration pour un grand roman.

— J'en ai le plan... là! dit-il en se frappant le front.

Il commandait des kummels double zéro, et, se recueillant tout juste le temps de tremper ses lèvres dans son verre, il accabla sa victime de confidences multiples. Enfin, il s'arrêta. Pinguonnat, comme le héros de Corneille, demeurait stupide. Jamais il n'avait eu pareille aventure. Bientôt il recouvra l'usage de ses sens et de sa rhétorique.

— Jeune homme, dit-il, ces sentiments vous honorent. Il est beau de laisser la fortune pour l'art, et, doué comme vous l'êtes, vous avez raison d'agir. Le contraire serait un crime.

Perpétrez votre roman auquel je ne désire pas collaborer, ne voulant point vous distraire une parcelle de votre gloire. J'espère que vous voudrez bien m'en donner connaissance chapitre par chapitre, à mesure que vous les écrirez.

Théodore, exultant, l'emmena dîner chez Lapérouse.

Ce fut une orgie de grands crus.

Au dessert, le romancier en herbe, gris comme un Polonais, voulait absolument exposer le plan de l'œuvre future.

Pinguonnat, lassé de chercher des arguments réfrigérants dans son verre, se leva dignement à la onzième tentative.

— Jeune homme, si vous pensez me faire ainsi payer mon écot, je préfère solder la moitié de l'addition, moins les cigares, pourtant, car je n'en ai pas

pris : j'aime mieux ma pipe. Toutefois,
comme les fonds sont bas ce soir, je vous
prierais d'attendre à demain pour le règlement.

Théodore, attristé, mais digne, n'insista pas.

Pinguonnat était bien connu pour son
originalité, puis, son état de demi-ivresse
le rendait incapable de jouir des beautés
du livre naissant.

On courut pas mal de brasseries ; on
se quitta assez tard.

Pinguonnat reconduisit Théodore à
son hôtel.

Arrivé à la porte, il lui dit d'un ton de
paternelle sollicitude :

— A bientôt, mon cher, mais un petit
conseil. Croyez-moi, ne fumez pas le
cigare ; ça endort l'esprit, loin de l'éveil-
ler. Achetez-vous plutôt une bonne pipe

Jacob, vous m'en direz des nouvelles.
Vous commandez un dîner avec tact et
magnificence, on fera peut-être quelque
chose de vous. Mais, surtout, pas de
scénario au dessert.

Dès lors, Théodore ne laissa plus une
minute de répit à Pinguonnat. Chaque
matin, il passait le prendre à son garni
et l'emmenait déjeuner. De là, ils par-
taient ensemble pour des destinations
variées, et bientôt Larose connut tout
ce que le Quartier renfermait de littéra-
teurs ou soi-disant tels.

Partout il recevait un excellent accueil. Pinguonnat le présentant comme
un jeune romancier plein d'avenir. Théodore finit par se prendre au sérieux,
quelques amis firent comme lui. Dans
les cafés, on se le montrait; des filles le
signalaient à leurs amants. Quand on

s'informait de ses travaux, le « romancier » prenait un air sérieux : il débitait
quelques théories sur son « procédé »,
sur la méthode physiologo-psychique
qu'il inaugurait. Il n'avait que mépris
pour Feuillet ; le théâtre de Sardou lui
semblait inepte. Zola était un poussah
inhabile, Goncourt un homme caout-
chouc, Huysmans un épileptique, Flaubert un monomane, Lemonnier un simple bandit de lettres. Dans un autre
ordre d'idées, il traitait le vaudeville de
« *syphilis théâtrale,* » et le monologue de
« *défécation intellectuelle* ». Il avait pris
à Pinguonnat ce mépris impartial pour
tout ce qui paraissait ; mais il lui manquait l'indiscutable valeur littéraire de
l'homme qu'il singeait.

Cependant, l'hiver s'avançait, et Théodore n'avait pas mis les pieds à l'École

de Droit. Il avait même négligé de prendre la moindre inscription. Afin d'éviter
le traditionnel séjour dans la famille aux
vacances du jour de l'an, il avait renou-
velé la légende des travaux supplémen-
taires et des examens retardés. Il se fit
même payer sans vergogne les fantas-
tiques répétitions de professeurs imagi-
naires, et obséda Pinguonnat, menacé
décidément de gastrite et d'aliénation à
la suite d'agapes physiologo-psychiques
trop répétées. Il pérorait de plus en plus,
mais n'écrivait jamais une ligne. Il ne
voulait *mettre au jour les premiers nés de
son esprit qu'après une longue gestation
mentale*. Seulement, il s'était muni d'un
superbe carnet sur lequel croissaient et
multipliaient les notes, les plans, les ca-
nevas. Un soir, il l'oublia. Où ? A Bul-
lier. Il songea sérieusement au suicide,

mais se consola par l'achat d'un véritable
in-octavo. Le cousin Anthime avait raison : la littérature n'était pas lucrative.

Théodore, qui recevait de sa mère cinq
ou six cents francs par mois, n'avait jamais payé son hôtel, et se trouvait le dé-
biteur du patron et même du garçon
pour des sommes assez fortes. Mais
comme on connaissait la famille Larose,
qu'elle descendait depuis un siècle à
l'Empereur François-Joseph, on n'inquiétait nullement le dernier rejeton de
cette lignée de clients. Ledit rejeton
comprenait bien que cette magnanimité
ne durerait point éternellement ; mais
il continuait à héberger nuit et jour
Pinguonnat, ses amis, et les amis de
ses amis. Son intransigeance artistique
s'exacerbait de plus en plus. Il fulmi-
nait contre la jeunesse des Ecoles qui

tolérait le directeur de l'Odéon; il évo-
quait un nouveau Pipe-en-Bois, ven-
geur des lettres; il rêvait une révolution, l'abolition du bourgeoisisme. On
l'écoutait sans trop réclamer.

Noces et dîners dont il faisait les frais,
discussions stériles, vadrouilles dans des
brasseries antipodiques, remplirent l'hiver et le printemps. On remarqua pourtant que Larose n'avait point de maîtresse. Il résistait à toutes les avances et
demeurait froid et chaste.

Un matin, au commencement de juin,
Théodore rentrait à l'hôtel assez morose.
Depuis quelques jours, lorsqu'il se pré-
sentait aussitôt levé au logis de Pinguonnat, on lui déclarait invariablement que
« monsieur n'était pas rentré, qu'on le
croyait en voyage ». Dans tous les cafés,
même réponse. Donc, en rentrant ce

jour-là, le romancier n'était pas gai. On
lui remit deux lettres.

La première était du Havre.

« Mon cher enfant,

» Inquiète de ton silence, j'ai fait prendre de tes nouvelles. Il paraît que tu es
peu assidu à tes cours et que tu dois
beaucoup d'argent à ton hôtel. Je t'en-
gage à venir passer quelques mois au
Havre. Je ne te ferai aucun reproche : je
veux être indulgente pour ces égare-
ments qui, j'en suis sûre, n'auront pas
de suite. Je t'envoie un mandat-poste
pour le règlement de tes petites dettes,
et prie le maître d'hôtel de m'envoyer sa
note que je solderai par retour du cour-
rier. Viens au plus vite.

» Ta mère qui t'aime,

» Veuve LAROSE. »

La seconde était ainsi conçue :

« Mon cher monsieur,

» Voilà huit jours que vous venez tous
les matins me relancer à mon hôtel et
dans les cafés. Je suis las de me cacher
pour échapper à vos poursuites. J'espé-
rais vous faire comprendre que j'avais
plein le dos de votre société. Vous joi-
gnez la ténacité d'un Picard à la patience
d'un Peau-Rouge, la cécité d'une taupe
à la fidélité d'un lierre. Vos vins sont
exquis, vos bocks savoureux, mais vos
discours sont insipides. A votre place,
j'irais un peu épater les Havrais.

» Votre dévoué,

» PINGUONNAT. »

Théodore fut un moment stupéfait ;
mais il se remit vite...

— Les voilà bien, ces bohèmes, ces
ratés! s'écria-t-il. Tout chez eux n'est
qu'impuissance et jalousie. Oui, je par-
tirai ; mais vous aurez de mes nouvelles, et quand je reviendrai à Paris,
ce n'est pas parmi vous que je recom-
mencerai la lutte. Vous êtes, d'ailleurs,
aussi incapables de lutter que de me
comprendre.

Les imprécations soulagent; Théodore
déjeuna de bon appétit, acheta chez le
libraire du coin une main de fort papier
glacé, remonta dans sa chambre, prit
une plume et, au milieu de la première
page, écrivit:

LE QUARTIER LATIN MODERNE

Étude satirique

par Théodore LAROSE

Il fit une barre, prit sa rame de papier,

la brandit comme un glaive de justice
du côté du Panthéon, puis la mit dans
sa malle avec ses effets. Deux heures
après, l'express le ramenait au Havre.

CHAPITRE IV

De retour au Havre, Théodore fut
bien vite las des joies familiales. Le
plaisir de s'attabler à midi précis et à
six heures, heure militaire, ne compen-
sait pas l'ennui des repas monotones où
les plats de ménage insipides et lourds
jouaient un rôle indigeste. Le pis était
qu'on le forçait à dévorer. Il avait mai-
gri, on l'obligeait à se refaire! Pourquoi
ne mangeait-il pas? Un garçon de vingt-
et-un ans a besoin de se nourrir. Paris

lui avait donc aussi détraqué l'estomac?
C'était assez du cerveau, etc., etc...

Tout d'abord il régimba, se déclarant
d'âge à s'empâter lui-même à sa guise;
mais devant l'obstination de sa mère,
il capitula. Il fut gavé comme un poulet.
*Le Quartier Latin, étude satirique, par
Théodore Larose,* demeurait toujours à
l'état de projet. Le titre calligraphié devait singulièrement s'ennuyer, en compagnie d'un pâté géant, vrai soleil d'encre, trace unique et indélébile d'une tentative laborieuse mais avortée.

— Travaillez donc quand vous êtes
empiffré comme un dindon de concours!

Un soir, il achevait à la terrasse de
Prader une quatrième absinthe quand il
aperçut sous les arbres du quinconce un
ancien camarade de lycée, un « Laba-
dens. »

Théodore l'appela ; il tenait Patoulet
en grande estime. C'était le seul être in-
telligent qu'il eût fréquenté au collège ;
un élève distingué, un lettré qui préparait sa licence.

— Comment, c'est toi, mon pauvre
Larose ! Tu as donc signé un nouveau
bail avec la province ?

— Bien à contre-cœur, mon vieux ;
mais la famille... tu sais... la famille...
A Paris, on vit d'une façon trop in-
tense ! On dépense trop facilement ses
forces vives... et sa belle galette. Et la
famille prend peur... Ce qui veut dire en
bon français que je suis condamné pour
quelques mois à l'existence émolliente
et surtout économique des topinambous
havrais. Et toi, mon vieux ?

— Oh ! moi... j'en ai soupé des sous-
préfectures... je prépare mes examens à

Rouen ! Et tes grands projets littéraires?

— Ça marche ! j'ai quelques petits bibe-
lots qui attendent le coup de pouce final.

Il était beau, Théodore, en prononçant
modestement sa phrase détachée ; les
paupières baissées, méprisantes, les
épaules un peu remontées comme pour
secouer l'avalanche des préoccupations,
visant quand même le goulot d'une
grosse carafe dont l'eau, perle à perle,
opalisait une cinquième absinthe.

— Sapristi, mon garçon, tu les aimes
les apéritifs. Que de soucoupes !

— Bah ! répliqua Théodore, dont le
cerveau se voilait, les alcools ne me font
rien... j'en bois impunément... D'ailleurs,
si l'absinthe a tué Musset, elle soutient
Pinguonnat, et l'inspire ! Au fait ! tu ne
le connais pas Pinguonnat ? Un sale
type ! mais bien de la puissance !

Et brusquement il s'épancha.

Oubliant « *l'étude satirique* », il dit le quartier Latin et le Boul'Miche tels qu'il les rêvait, pleins de brasseries littéraires, et enthousiastes, vibrantes de paradoxes. Le paradoxe !... c'était son fort à Larose, et il se disait *in petto* que tout le monde n'en pouvait point faire... Patoulet par exemple ! Et cela le consolait de tout. On produisait au quartier Latin ! On bûchait ! Voilà l'existence. Et ces titans de la production, ces géniaux, étaient aux heures de repos cléments et doux, abordables aux petits. Dépouillant d'un coup toutes ses rancunes, il peignit à Patoulet stupéfié le talent de Pinguonnat, le cœur noble du poète, son ancienne idole un instant profanée. Il narra cette soirée où le grand bohème, le prenant dans ses bras, lui, Théodore, après un dîner sardanapalesque, lui avait dit : « Vous êtes naïf, Larose, mais de la naïveté du génie, » Puis il parla de ses succès personnels, d'une ovation de carabins qu'il avait enivrés, de la société des « Chevelus » qu'il avait fondée avec l'ironique Gordian, de l'activité juvénile qu'il apportait dans ce milieu énergique, de l'oxygène moral dont il saturait cette atmosphère déjà vivifiante.

— Mais, continua-t-il, avec une modestie feinte, assez parlé de moi. J'ai joué là-bas le rôle qui me revenait, rien de plus. Je n'y attacherais même aucune importance, s'il ne m'avait permis de constater l'imposant mouvement qui se prépare. On en viendra à la pulvérisation, à l'anéantissement du vieux monde littéraire, et alors, tout sera foulé aux pieds de jeunes Barbares, pleins de foi.

Et sur cette tirade, Théodore eut un
éclair dans l'œil ; il foudroyait de son
éloquence Patoulet anéanti.

Il parla ensuite de ses relations.

Il tutoyait Chincholle et Félicien
Champsaur. On l'avait présenté à Gabriel
Ferry et à Paul Mahalin qui lui prédi-
saient le plus bel avenir.

Sans une suite de fâcheux contretemps,
il eut fait la connaissance d'Eugène Ma-
nuel, dont un ami lui garantissait le
bienveillant accueil. Malheureusement,
les tentatives étaient restées infruc-
tueuses, l'auteur des *Ouvriers* étant toujours en visite chez des académiciens.

Patoulet se sentit à la fois accablé et
grandi par le voisinage d'un jeune
homme fréquentant un pareil monde !
Il se promit de cultiver son Larose et
pour commencer lui demanda :

— Avec tout ça, tu ne me dis pas quelle est ta vie au Havre. Que fais-tu de tes soirées, par exemple ?

— Je les dors... à moins que je ne lise Tacite.

— Excellent délassement ; mais encore ?... Si tu le voulais, je te sortirais de l'Antiquité. Je suis l'intime de Morelli, un ténor que j'ai connu à Rouen. Il est pour l'instant ici, avec une troupe italienne. Les billets de théâtre pleuvent chez moi. Que dirais-tu de l'audition d'un opéra ? Justement on joue ce soir. Veux-tu que je vienne te prendre après dîner ?

— Convenu ! répondit Théodore assez content de laisser en plan Mme Larose et Tacite.

On se sépara, et à l'heure dite on se retrouva. Patoulet souriant vint prendre

Théodore. Mme Larose se laissa ravir
d'assez bonne grâce la proie à laquelle
elle expliquait les arcanes de la liquida-
tion Bacroché. Les deux jeunes gens
gagnèrent la place Louis XVI. Au péri-
style du théâtre, les affiches annonçaient
les débuts de Mlle Estrella, forte chanteuse, de Mme Guzzoli, de MM. Morelli
et Durandini, ténor et baryton. Une
courte file de « dilettanti » serpentait
devant le contrôle. Un grand escalier, un
corridor, puis une bouffée d'air chaud et
musqué. On était dans la salle. Patoulet
installa Théodore aux fauteuils d'orchestre, se démena, voulant le programme,
écrasant les « haute-forme », broyant les
orteils dans les passages étroits, et sou-
levant d'unanimes protestations. L'orchestre enfin préluda, la toile se leva et
une dame éléphantine se traîna sur la

scène en roucoulant quelque chose d'italien. Une bordée de sifflets l'accueillit. Seul au parterre un monsieur gros et et chauve miaulait désespérément : « Bravo ! bravo ! »

Patoulet apprit à Théodore que c'était là le nommé Guzzoli, le mari de la malencontreuse cantatrice.

— Pauvre bonhomme, ajouta-t-il, pendant une accalmie, il n'en mène pas large ! Sa femme n'a plus qu'un début après celui-ci. Si la salle ne désarme pas au troisième, l'artiste est balayé. En province c'est l'usage, les spectateurs composent eux-mêmes leur troupe d'opéra.

Le ténor Morelli s'avançait vers la rampe, en noble florentin, caleçonné de près dans des chausses violettes, un toquet à l'oreille, un poignard à la cein-

ture. Succès d'estime. Sa voix blanche et
ses gestes de prestidigitateur ne déplu-
rent pas trop. Il entonna un duo avec une
fillette accorte, brune, bien campée que
Patoulet couvait d'un regard protecteur.

— Tiens ! si tu veux voir l'objet de ma
flamme, comme on disait au dix-hui-
tième siècle, tu n'as qu'à jeter les yeux
sur la petite Bianca.

— Tu la connais... beaucoup ?

— Et même davantage ; j'ajouterai que
nous sommes au mieux.

— Au moins ce n'est pas ce que nous
appelons un « collage » au quartier
Latin ?

— Mon Dieu ! voici la chose. Je l'ai
rencontrée à Rouen au début des vacances. Je m'ennuyais. Elle partait pour
Dieppe, je la suivis, je pris l'express. La
voilà au Havre et moi aussi.

—·En voilà pour jusqu'à l'ouverture
des cours.

— Tu l'as dit. Cela t'étonne ? tu ignores
donc les faiblesses humaines ?

— Non ! fit Larose, supérieur, et tu
sais mes farces de gamin, tu te souviens
des jolies blanchisseuses de la rue Caro-
line. Mais maintenant je suis « chaste »
comme tous les penseurs.

Théodore eut un geste bref qui cou-
pait court aux vanités de ce monde.
Néanmoins il lorgna Mˡˡᵉ Bianca et la
trouva gentille.

A ce moment un frémissement courut
dans la salle suivi d'un silence brusque,
anxieux, puis les applaudissements écla-
tèrent. La prima donna Estrella entrait
en scène.

— Une Péruvienne blonde ! Un merle
blanc, chuchota Patoulet à son voisin.

Le pudique Théodore se surprit à la regarder avec plaisir. Pas de voix pour une forte chanteuse : un petit filet de soprano gazouillant et flûté ; mais quelle jolie fille !

Assez grande, mince, de lignes cambrées, elle avait un charme étrange et troublant. Sous les cheveux cendrés s'arquaient les sourcils, fins et châtains ; les yeux plus foncés semblaient profonds, comme mystérieux dans la carnation rose et blanche, les narines délicatement mobiles se dilataient, ironiques, passionnées. La bouche, un peu charnue, aux petites dents luisantes, souriait enfantine et cruelle. Le corps entier vibrait de jeunesse et de vie.

Théodore éprouva comme un éblouissement.

Estrella le fascinait ; c'était une Circé, cette femme.

Le flamboiement des lustres, les éclats de l'orchestre et des voix se fondaient pour Théodore en un tout harmonieux de sons et de lumières nimbant sa vision de fumeur de kief. Mais dans cette vague griserie, avec une précision singulière il distinguait dans les cheveux blonds de la cantatrice une mèche plus dorée, au-dessus de la tempe, il notait presque le battement des paupières, les ondulations du corsage...

A l'entr'acte, incapable de garder pour lui seul ses impressions, Théodore avoua à Patoulet qu'Estrella l'hypnotisait...

Aux confidences de son ami, Patoulet comprit que chez ce « chaste » l'amour était né, brutal, impérieux, Il avait quitté le théâtre en prononçant ces mots fatidiques :

— Je veux cette femme ! et je l'aurai.

Il rentra chez lui ruminant divers projets, divers plans infaillibles, qu'il rejetait les uns après les autres.

Le lendemain matin, rafraîchi par huit heures de sommeil, réconforté par un déjeuner sommaire, il courut demander au concierge du théâtre l'adresse d'Estrella, comprenant bien qu'il fallait commencer par là. Il graissa soigneusement la patte velue de l'antique fonctionnaire ; mais celui-ci, tout en gardant l'argent, refusa toute espèce d'indication :

— J'ai cinquante-huit ans, monsieur, et je n'ai jamais fourré le nez dans les « cochoncetés » de personne.

Et il jeta dehors l'intrus avec un « Voici la porte » plein de dignité.

Cela dérouta notre amoureux, qui cependant se remit vite et songea qu'il

était toujours galant d'envoyer sur la
scène un bouquet à la cantatrice, bouquet contenant un billet d'amour, aussi
passionné que précis. En ces termes, par
exemple :

« Mademoiselle,

» Vous êtes divinement belle et vous
m'avez charmé. Je mets à vos pieds mon
cœur et mon modeste avoir. J'ai vingt-
deux ans, je suis Théodore Larose, fils
des grands magasins de blanc à la *Ville
de Clermont-Ferrand.* »

Mais il pensa ensuite que la prose convenait mal à l'expression d'un tel amour.
Ce qu'il fallait c'était la poésie, la poésie
ailée et vibrante.

Son parti était pris.

Il ferait des vers.

Mais il résolut de courir encore à la découverte de l'adresse.

Il se souvint heureusement que Patoulet était l'ami du ténor Morelli. Deux mots du copain lui assureraient une réception cordiale.

Patoulet ne se fit pas prier, et recommanda chaudement son excellent ami Larose à son excellent ami Morelli.

Quand Théodore se présenta, celui-ci déjeunait.

Vêtu d'un tricot brun et d'un pantalon rendu multicolore par l'usure et les rapiéçages, cravaté d'un foulard à pois et le front ceint d'une casquette de voyage, il reçut son visiteur avec une extrême courtoisie.

Il lui offrit un siège; une chaise encombrée de frusques elles-mêmes surmontées d'une assiette saucée à blanc, mais gardant une odeur provençale d'échalote et d'ayoli.

Théodore démolit l'édifice, et put s'asseoir.

Mais quand le fils Larose fit connaître le but de sa visite, Morelli fronça le sourcil.

Il débita, sans donner l'adresse, une kyrielle de conseils réfrigérants.

... La démarche était bien délicate. N'eût-il pas mieux valu attendre une présentation officielle dont il ne pouvait à aucun prix se charger. Mlle Estrella était une jeune fille de famille, — de famille, monsieur, — son grand-père, un Garbanzos y Trueno ou Moreno, il ne savait pas au juste, avait conquis une célébrité universelle pendant la guerre de l'Indépendance : un compagnon de Bolivar, monsieur Larose. Son père

s'était peut-être distingué par un amour
immodéré pour l'anisado et l'eau-de-vie
de Pisco ; mais chargé de fonctions di-
plomatiques à Paris, il avait tenu son
poste avec honneur et il était retourné
à Lima sans prévenir personne, pas
même sa famille ; l'horrible caractère de
madame son épouse suffisait à excuser
une minute d'oubli. Ce caractère diabo-
lique avait fait qu'Estrella, martyrisée,
était un beau matin partie avec un
jeune homme, charmant d'ailleurs et
ami de Morelli. M. Larose voudrait trou-
bler encore une existence déjà si tour-
mentée !... Le ténor attaqua le fromage et
Larose prit la porte.

Tout en martelant l'escalier de coups
de talon, il murmurait :

— Je flaire un rival.

Mais il est, pour les amoureux, des

hasards protecteurs, et à quelques jours de là, Théodore se promenant sur la jetée rencontra Estrella.

Il la suivit à distance respectueuse, très timide, très provincial, très «débutant». Il la vit s'accouder au garde-fou et regarder longuement la mer. Il remarqua que lorsqu'elle reprit le chemin de sa demeure (jusqu'à laquelle il la suivit encore) des larmes mouillaient sa joue.

Théodore, le cerveau en feu, rentra chez lui et pensant à l'histoire contée par Morelli, il écrivit ces vers :

Sur l'Océan charmeur qui berce votre ennui,
Vous penchez votre front profond comme la nuit.
Tandis que votre œil plane indifférent et vague
En bas gronde la mer et sursaute la vague.
C'est là-bas, par delà les océans bougeurs,
Que vous vivez heureuse en vos pensers songeurs ;
Mais le pâle soleil, les cieux flous et moroses

Vous rappellent à la réalité des choses...
Une larme est tombée en les flots furieux,
Perle que la mer doit à l'écrin de vos yeux.

Théodore s'empressa de recopier ses vers ; il les mit sous enveloppe et les porta chez le concierge d'Estrella.

Puis on le vit arpenter les rues en déclamant :

Sur l'Océan charmeur qui berce votre ennui,...

Il regretta de n'avoir point interverti les épithètes :

Sur l'Océan berceur qui charme,...

Cependant il ne condamna pas la première version.

— Ce n'est pas mal, pour une pièce de vers improvisée en quelques minutes ! Je ne prétends pas avoir pondu le sonnet d'Arvers ; mais enfin... ça dit ce que ça veut dire !...

Durant toute la nuit le démon de l'insomnie lui scanda ses vers, un surtout dont notre poète finit par être enchanté, le dernier :

Perle que la mer doit à l'écrin de vos yeux.

— Pinguonnat n'eût pas trouvé cela, murmurait-il joyeux.

Et à quatre heures, le lendemain, il était sur la jetée, guettant son idole.

Malheureusement il faisait un temps affreux. Pas un chien sur le port, pas un Anglais.

— Elle ne viendra pas ! pensait Théodore.

Mais au même moment, soigneusement emmitouflée dans un makintosh, une femme tourna la rue de Paris. C'était Estrella.

Elle passa devant Théodore, le regarda

d'un œil doux et reconnaissant et se dirigea vers sa place accoutumée.

Le jeune homme marcha derrière elle, en tremblant.

Comme la veille Estrella, contemplant la mer, ne put retenir un sanglot.

Subitement enhardi, Théodore intervint.

— Ne pleurez pas, mademoiselle, dit-il, la voix vibrante, cela me fait mal de vous voir pleurer ainsi.

Il avait saisi les mains de la jeune fille qui se laissa faire, heureuse comme une enfant d'être consolée.

La scène avait un caractère étrange : ils étaient là seuls, tous deux à l'extrémité de la jetée, sous la pluie battante. Théodore invinciblement pensa à Bernardin de Saint-Pierre, à son idyllique roman et à Paul consolant Virginie, sur le navire.

— C'est vous, dit enfin Estrella, qui m'avez adressé ces jolis vers?

— Ne me parlez pas de mes vers... La poésie c'est vous, vos larmes, le charme qui se dégage de vous toute, et l'amour que j'ai pour vous.

Théodore parla d'abondance.

L'ardeur qui le consumait le fit éloquent. Estrella ouvrait de grands yeux étonnés. Jamais on ne lui avait parlé ainsi. Très émue elle autorisa Théodore à lui rendre visite le soir-même.

Ce qui devait arriver, arriva.

Au milieu des baisers et des carésses Estrella oublia son chagrin et Larose vit s'ouvrir devant lui une ère de félicité et de bonheur.

. . . .

L'amant demanda à sa maîtresse de quitter le théâtre, et voyant par l'amour d'un écrivain l'avenir ensoleillé et glorieux, Estrella consentit.

Théodore de son côté comprit qu'au Havre sa liaison s'ébruiterait. Il résolut de cacher sa passion à Paris.

Mme Larose se souciait peu de rendre la main à son effréné prodigue ; mais Théodore parla de nostalgie mortelle, d'un suicide possible ; la mère dut céder, à la condition expresse que son fils ne remettrait pas les pieds au quartier Latin ; mais habiterait au contraire la rive droite. A cet effet, le cousin Cherfils fut expédié à Paris pour louer et meubler un petit appartement dans un arrondissement du centre.

Le jour où Mme Larose embarqua Théodore, après l'avoir embrassé et chapitré, elle remarqua, dans un wagon voisin, une bien jolie tête blonde.

Elle fut heureuse que le «petit» eût pris le compartiment des fumeurs... une mauvaise connaissance est si vite faite!

CHAPITRE

Le cousin Cherfils, le caissier-explorateur, s'était acquitté en conscience de la mission à lui confiée par Mme veuve Jérémie Larose.

Il avait découvert, rue de Grammont, une vraie bonbonnière, un petit appartement qu'il avait meublé, tapissé, organisé avec goût et élégance.

Ce fut l'avis d'Estrella.

Théodore essaya gravement les boutons des portes, les espagnolettes, fit marcher les trappes des cheminées, se mira dans les glaces et se déclara satisfait : le local lui convenait, la rue était décente, la cour claire, l'escalier suffisamment pompeux ; on n'admettait pas de chien dans la maison, point capital pour un «travailleur intellectuel». Tout était pour le mieux.

La concierge, moustachue et rigide, fit bien un peu la grimace en apercevant son locataire accompagné d'une petite dame à chignon d'or.

— Encore une pas grand'chose, pensa t-elle, il y aura des *arias* dans l'immeuble. Mais elle devint guillerette à la vue du louis que tenait son mari qui venait de monter les malles.

Débarrassée des pipelets, Estrella sauta au cou de Théodore.

— Ami, s'écria-t-elle, voici mon pré-

mier bon moment depuis bien longtemps, et je te le dois ! Merci de m'avoir
associée à la vie laborieuse qui te con-
duira sûrement à la gloire.

Et lui, la tête renversée, dans une at-
titude d'inspiré, prêtant l'oreille au bruit
continu des voitures, dit, comme dans
un rêve :

— Oui ! c'est Paris qui s'agite autour
de moi, je dois surprendre ses secrets
pour les raconter au monde. Cette fin-
de-siècle demande un Balzac, elle l'aura !
Je le serai !

Étonnée, attendrie, Estrella contem-
plait son amant.

On frappa à la porte.

Une bonne entra, envoyée et recom-
mandée par le concierge.

On l'agréa sur le champ et elle se mit
à défaire les malles avec *madame*. Mon-

sieur enjoignit que le dîner fût prêt pour sept heures, alluma un cigare et sortit.

Il fut aussi embarrassé, aussi dépaysé qu'à son premier séjour, à un an de là.

Excepté le quartier Latin, où il ne voulait plus aller, il ne connaissait pas Paris, car avec Pinguonnat et sa bande on ne passait jamais les ponts.

Se fiant au hasard, il erra à l'aventure, sur les boulevards.

Il passa quatorze fois devant le Crédit Lyonnais et le Grand-Hôtel, cherchant à rencontrer des confrères, prenant, en provincial renforcé, des bookmakers pour des Anglais de distinction.

Soudain, on le héla.

C'était Modeste Montclair, un ancien du Boul' Miche.

Il avait environ vingt-deux ans et tout Paris connaissait son nom.

Il était du pays d'où les montagnards
partent en sabots et où ils reviennent
avec du foin dans leurs bottes. En dé-
barquant dans la capitale le dit savoyard
avait déjà et d'instinct trouvé les meilleurs moyens d'arriver à la notoriété.
Huit jours après son installation dans
un garni de la rue Serpente, il avait
forcé toutes les portes, pénétré dans les
plus inaccessibles sanctuaires, parlé à
Emile Augier un jour de répétition générale, recueilli deux calembours de Gus-
tave Flaubert, de la bouche du maître, et
copié dix alexandrins de Leconte de
Lisle sur la table du grand poëte. Il s'é-
tait faufilé dans les réunions les plus
fermées, interrompant de graves entretiens pour obtenir un renseignement
oiseux, ou solliciter une indiscrétion;
au bout d'un an avait été fondateur, di-

recteur, gérant d'une trentaine de canards morts-nés, mais dont les affiches avaient ébloui le public du nom de Modeste Montclair Un beau jour il prit d'assaut la première colonne d'une grande feuille quotidienne et l'on ne s'en étonna pas, l'étiquette Modeste Montclair étant aussi familière que l' « Amer Picon », le « Zoédone » et la « moutarde Bornibus ». Il était lancé! Tous les journaux débordèrent de sa prose.

Tout directeur qui recevait le jeune écrivain était un homme à merci. Bon gré, mal gré, il lui fallait signer quelque traité, s'engager à insérer un certain nombre d'articles.

C'était bien de la besogne; mais Montclair était homme de ressources. Il écoutait beaucoup, retenait mieux, notait

scrupuleusement tout ce qui se disait
autour de lui et faisait imprimer sans
vergogne tout ce qu'il avait entendu.
D'ailleurs, avec la même effronterie, il
reproduisait une élucubration jusqu'à
trois et quatre fois, en changeant le titre,
le premier et le dernier paragraphe et
au besoin en ne modifiant rien, ce qui
faisait dire à un de ses camarades :

— Je ne sais s'il y a un article de
Montclair qui soit vraiment de lui ; mais
ce que je sais, c'est que sous sa signature ou sous celle d'un autre, ils ont
déjà paru quelque part.

Tel était l'homme avec lequel Théodore
renoua connaissance.

Le Havrais s'épancha en termes amers
sur le décevant quartier Latin.

Montclair fit chorus :

— Vous avez bien raison, mon cher,

c'est un milieu abrutissant. Parlez-moi
du Paris-central, du Paris où le travail
sert à autre chose qu'à vous attirer l'attention d'une douzaine de fakirs de brasseries; le quartier Latin c'est pis que la
province! C'est une terre vague, indé-
terminée, un pays de fantômes où des
revenants à nez culottés se hantent mu-
tuellement pour se débiter des poésies
spectrales et de la prose anti-résurrection-
niste. Parlez-moi du Paris qui lit, qui
vit, qui produit au lieu de rêver à des
fantaisies d'outre-tombe, du Paris qui
donne la fortune et la réputation. Car
enfin — et Montclair parlait d'une voix
calmée, avec un sourire ambigu — on
ne fait pas seulement de la littérature, de
l'art comme on dit aujourd'hui pour
s'alcooliser, vagabonder, et crever de
faim !

Enthousiasmé, Théodore l'emmena dîner chez lui.

On mangea au milieu d'un fouillis de
robes, de linges, de vêtements ; les cos-
tumes de la cantatrice jonchaient le par-
quet : le travesti de Siebel s'étalait sur
des gilets de flanelle ; des sandales s'a-
lignaient le long du mur à la suite d'une
file de bottines de satin, de bottes gris-
perle à crevés cerise et de souliers de
chasse ; là-bas, tout au fond, sur une
table, un assortiment de perruques de
toutes grandeurs et de toutes nuances.

La soirée se passa gaîment.

Montclair différait de Pinguonnat :
il avait l'esprit autrement souple et
patient : il écouta dans un silence qu'on
eut pût croire admiratif les théories, les
projets de Théodore.

Il ne broncha pas quand ce dernier

lui proposa une collaboration et coup sur coup lui développa le scénario d'un grand drame et l'argument d'un roman de mœurs normandes. Un instant même, son œil s'alluma : il demanda à Théodore de lui raconter une seconde fois une aventure de plage, aventure dont Larose avait été témoin au Havre et qui était la clef de voûte du roman.

Fatiguée du voyage et du cahin-caha de l'installation sommaire, Estrella, qui connaissait toutes ces histoires, somnolait.

Théodore et Montclair s'en aperçurent ; on convint de laisser reposer la jeune femme et d'aller prendre un bock au cabaret du *Chat-qui-Pêche*, établissement fort achalandé et de fondation nouvelle, rendez-vous des transfuges de la « Cigarette » et du « Bar Champol-

lion, » tous attirés par le grand air de la
butte Montmartre.

Une autre considération avait d'ailleurs décidé les émigrants.

Montclair l'a dit :

Le quartier Latin était mort, archi-
mort. Le dernier coup lui avait été porté
par l'Haussmannisation. Le percement du
boulevard Saint-Michel et du boulevard
Saint-Germain, l'élargissement de la rue
Soufflot, avaient retiré à ce quartier son
originalité et singulièrement augmenté
les dépenses des habitants. Tous les
exotiques cousus d'or : Siamois, Rou-
mains, Japonais, venant suivre les cours
des Écoles, avaient donné aux grisettes
le goût des dépenses exagérées. Plus de
parties à Robinson ! Adieu Mimi-Pinson,
adieu Musette ! Les étudiants avaient
trop d'argent, les cafés étaient trop

peinturlurés, trop dorés, les femmes
trop chères. Les écrivains, les poètes
fuyaient l'Odéon devenu fossile. On
n'avait qu'une idée : passer les ponts.
Mais d'autre part le quartier de l'Opéra
était cher ; chers aussi, les quartiers de
l'Europe, les faubourgs Saint-Denis,
Saint-Martin et du Temple, trop popu-
leux, trop commerçants, trop « philis-
tins ». Restait Montmartre qui, servant
déjà d'aire aux peintres et aux sculpteurs,
devenait le perchoir des poètes et des
journalistes.

— J'ai fait là-dessus, continua Montclair, un grand article dans le *Figaro* :
je vous le montrerai. Mais nous sommes
arrivés.

L'établissement était semblable à ceux
du même genre qui depuis dix ans
s'ouvrent à Paris : vitraux à l'extérieur,

tables de bois à l'intérieur, et aux murs, de vieilles tapisseries, de vieilles armes, tout un bric-à-brac de vieilles choses. Haute cheminée surtout, cheminée campagnarde avec crémaillère et marmite phénoménales ; puis une collection d'objets disparates : statuettes de faux ivoire, lanternes encrassées, bondieuseries et broches à rôtir. Le tout pêle-mêle, encombrant et poussiéreux.

Le cabaret était petit, rempli d'une foule compacte, éclairé d'une lampe antique et fumeuse. Chaque client à son entrée était salué de cris d'animaux, d'exclamations violentes. Du reste clientèle d'habitués. On devait montrer patte blanche. Ami du patron Malis, Montclair introduisit Larose. Ce dernier retrouva des camarades. La bière coula à flots. Une enivrante odeur de cognac,

d'absinthe, d'amer-picon prenait aux
tempes, dans le nuage des pipes. A une
heure du matin, tout le monde était
« pochard ». Théodore voyait s'accu-
muler devant lui des tours de porce-
laine, des babels de soucoupes à lui
adressées de tous les coins de l'établissement. A chaque minute, partait cette
interpellation :

— Larose, tu payes un bock ?

Larose consentait et continuait une
conversation péniblement entretenue
avec un jeune très pâle qui l'appelait
« cher poète » et tentait de lui emprun-
ter un louis. Cependant l'heure de la
fermeture des cafés était arrivée. On
mettait les volets de la devanture, de
rares clients restaient assis. Sur un
signe du patron, les buveurs attardés
passèrent dans une arrière-salle plus

encombrée encore que le cabaret pro-
prement dit.

Là se tenait André Chertat, un poète,
un vrai celui-là, et qui attirait au cabaret de vrais lettrés. Près de lui, ron-
chonnait Carolus Mirzan, vieux et barbu,
qui avait chanté tout l'été, et une partie
de l'automne, avec talent mais sans
réussite. Il avait toujours un mot amer
contre les camarades de la première
heure et de la seconde, contre le temps
passé et contre le temps présent. Plus
loin, Cassoti et Beslan, deux peintres,
l'un bon enfant, l'autre grincheux ; là-
bas, Monastruc, le catholique fervent,
membre retardataire de l'Inquisition,
qui ne supporte pas le moindre mot
léger sur « notre sainte religion », qui
brûlerait vif quiconque fait gras le ven-
dredi — dans la vie privée ivrogne

7

comme Bacchus et paillard comme Jupin.

On causa :

Après avoir longuement débiné Zola et Feuillet, on s'empoigne sur cette question — très grave : les peintres sont-ils, artistiquement et esthétiquement, supérieurs ou inférieurs aux poètes et aux romanciers? Cassoti et Beslan aboient, Mirzan et Chertat hurlent ! La discussion altère : Larose continue à payer des bocks. Le patron, assis dans un coin, met à l'étude l'hypothèse suivante : le quartier Latin n'est-il pas l'éteignoir de la jeunesse productive?

Assentiment de Montclair, Larose, de Chertat lui-même.

— On n'y boit ni plus ni moins qu'à Montmartre, observa Mirzan, et on n'y discute pas plus creux qu'ici.

Tolle général ! on se prend aux cheveux ; on se sépare enfin, très montés les uns contre les autres.

Théodore qui, seul, regagne les marécages du centre parisien, cherche en vain un fiacre. Il se résigne à descendre la rue Pigalle, dont il manque deux ou trois fois l'entrée tant la voie est étroite pour ses pas élargis. Enfin, il est dans la passe ; la fraîcheur de la nuit abaisse la température de son crâne ; bref il retrouve la rue de Grammont et sa porte.

Il est quatre heures du matin.

Il sonne plusieurs fois, sans résultat.

Il recommence et la porte s'ouvre.

Le concierge passe par un œil-de-bœuf d'ordre composite le profil sévère d'un cerbère insulté.

Théodore file doux ; mais à l'entresol un filet de lumière lui vient en pleine figure. En même temps il reconnaît la voix d'Estrella.

— Est-ce toi, ami?

L'« *ami* » referme la porte, se déshabille lentement.

— Comme tu rentres tard, soupire la jeune femme. J'étais inquiète, en me réveillant tout à l'heure, de ne pas te trouver vers moi.

— Oh! reprit Théodore, j'ai simplement assisté ce soir à une réunion littéraire! On a beaucoup causé de choses intéressantes. L'homme de lettres, vois-tu, ma chère petite, a besoin de ces discussions où l'esprit s'affine; il recueille des documents pour ses œuvres futures.

CHAPITRE VI

Quelques jours plus tard, en se réveillant, Théodore fut bien étonné. Dans un article de fond au *Figaro*, Modeste Montclair, parlant de l'évolution littéraire, du milieu des jeunes militants, citait entre Pinguonnat, X.., Y... et Z..., Larose, « le jeune poète normand, successeur de Flaubert pour le document, de Casimir Delavigne pour l'envolée, un de ceux enfin avec qui la critique devrait bientôt compter. »

En allant acheter plusieurs exem-
plaires, Théodore se sentit singulièrement léger : il lui semblait ne plus peser
sur le sol. Il expédia quelques numéros,
avec endroits soulignés soigneusement
au crayon rouge, aux camarades restés
au Havre et rentra surpris de ne pas voir
les populations stupéfaites se retourner,
en se demandant « quel était ce jeune
homme » à l'air vainqueur, au front
inspiré.

— Je suis lancé ! pensait-il.

Et effectivement, le lanceur ne tarda
point à se montrer. C'est que Modeste
Montclair avait son idée.

En glissant adroitement dans son
article le nom de Théodore Larose, il
caressait un projet. Il avait tour à tour
été directeur, rédacteur en chef, secrétaire de rédaction d'un certain nombre

de feuilles éphémères ; mais ce qu'il
voulait, c'était être à la fois directeur,
secrétaire, rédacteur d'un journal qu'il
rêvait.

Cela durerait ce que ça pourrait durer !
Assez en tout cas pour pouvoir donner
l'hospitalité d'un journal payé à ceux qui
l'avaient accueilli la veille et qui le lendemain lui ouvriraient largement les
portes. Théodore était le moyen. Il le
prit.

— Voyez-vous, disait Montclair, en
fumant sa cigarette à la fin du repas, on
doit battre le fer quand il est chaud. Et
madame, ajoutait-il en se penchant vers
Estrella, est sans doute de mon avis. Or
Paris, ce grand dévorant, est aujour-
d'hui plein de votre nom : il vous faut
un débouché. Où le trouver ? Le plus
simple est de le créer. Il sera productif

s'il est bien mené. Faisons donc un journal. Le directeur sera moi ou un autre, peu importe, et nous annoncerons pompeusement un roman de Théodore Larose. Il n'y a que de l'argent à gagner. Mais il faut se presser. Dans huit jours il serait trop tard : on aura oublié l'article du *Figaro*, si le nom de Théodore Larose ne s'étale pas en grosses lettres sur toutes les murailles de la capitale.

Théodore accepta d'emblée : il fut décidé que Modeste Montclair serait le directeur omnipotent, que Larose écrirait un roman.

— Je suis content de vous, dit Montclair en se retirant, vous êtes un moderne ! Vous comprenez les choses. Entourons-nous d'un milieu jeune, et nous allons marcher. Le *Figaro* n'a qu'à bien se tenir !

Rendez-vous fut pris le soir même au café Saint-Roch.

En y arrivant à six heures, Théodore eût un éblouissement. Autour de Montclair, se groupaient tous les copains du *Chat-qui-Pêche* et du quartier Latin. On se leva à son entrée et il perçut vaguement un « Cher Directeur », prononcé par tous.

On se mit à table, à vingt au moins. Il s'agissait de discuter le titre du journal. On proposa tour à tour, « La Gaule », le « Pantagruel, le « Domino ». Théodore parla du « Don Juan ». Le titre fut accepté avec enthousiasme.

— Décidément, mon cher Larose, vous né pour être journaliste. « Don Juan », mais c'est bien, c'est même très très bien !

Un jeune homme qui jusqu'alors n'avait ouvert la bouche que pour manger, déclara soudain que le titre de « Don

Juan » le poussait à une collaboration qu'il aurait refusée au « Pantagruel », à la « Gaule »... des noms bêtes !

Dès lors on décida que dorénavant on se réunirait chaque soir pour se partager la besogne.

On convint de l'affiche, dont les grandes lignes furent arrêtées.

— Je vais dès ce soir, dit Montclair, voir mon agent de publicité. Mon cher Larose, ajouta-t-il en sortant, vous serez content de moi. Votre roman s'appellera, je crois, « Monsieur Alceste ».

— Je crois que...

— C'est entendu ! à demain à six heures... au « Saint-Roch ».

Théodore rentra chez lui, transfiguré. Il ne se disait pas que ses cinq cents francs par mois ne pourraient suffire à héberger vingt convives tous les jours

et à faire les fonds du journal. Il se
disait au contraire qu'une feuille pu-
bliant sa prose ferait du coup échec aux
plus grands confrères. Et il avait en
s'endormant la vision d'un grand bureau
où il recevait les académiciens, où il
recalait impitoyablement Pinguonnat.

— Vous êtes un raté ! murmurait-il en
songe.

Il fut soudain réveillé par un coup de
sonnette.

— Serait-ce déjà Pinguonnat ? pensa-
t-il.

Ce n'était pas Pinguonnat.

Mais un petit imprimeur qui, coiffé
d'un bonnet de police en papier, pénétra
et dit :

— Monsieur Théodore Larose, veuillez voir et corriger, de la part de monsieur Montclair.

Il déplia une grande feuille de papier
bleu-pâle sur laquelle on lisait :

Pour paraître le 15 Février

LE DON JUAN

JOURNAL POLITIQUE ET LITTÉRAIRE

INDÉPENDANT, QUOTIDIEN

Prix du Numéro : **15** cent.

Rédacteur en chef : M. MONTCLAIR

PRINCIPAUX COLLABORATEURS :

François COPPÉE.	André THEURIET.
André CHERTAT.	PINGUONNAT.
MONASTRUC.	MIRZAN.
Etienne CARJAT.	Un Monsieur des loges.
Jenny KOINISKA.	ROSE-THÉ.

LE DON JUAN

publiera en feuilleton

MONSIEUR ALCESTE

DE

Théodore LAROSE

Théodore lut et relut vingt fois l'affiche. Il prit un crayon pour rayer le nom de Pinguonnat ; mais il fut bon.

— Soyons magnanime, dit-il ; et donnons-lui une part au soleil. S'il a été mordant, c'est qu'il était aigri. D'ailleurs, le directeur du *Don Juan* ne venge pas les injures de Théodore Larose.

— Monsieur le directeur est satisfait ? dit le petit imprimeur, obséquieux. Veut-il donner le bon à tirer ?

— Volontiers, répliqua Théodore.

Et il signa.

Puis donnant cinq sous au gamin, il ajouta :

— C'est très bien ! rien à changer ! Marchez vite et suivez toutes les instructions de M. Montclair.

Ce dernier ne tarda pas à arriver.

— Je suis de plus en plus content de vous, s'exclama-t-il ; décidément vous êtes un oseur, et c'est à cette classe de gens qu'appartient l'avenir. Je vous amène à déjeuner un homme qui se chargera de toute la partie administrative et financière. Venez vite, le temps presse.

Au « Saint-Roch » attendait un gros homme bavard et mal élevé, répondant au nom de Boutilois.

— Ah ! c'est vous, dit-il à Théodore, qui allez me confier votre papier ?

Montclair intervint.

— Papier... cela veut dire journal dans le jargon du métier.

— Oui, oui ! continua le gros homme, c'est du papier. Y en a du bon, y en a du mauvais. Je souhaite que le vôtre vaille quelque chose. Il vous faut une avance

chez le marchand de papier blanc et chez
l'imprimeur. Je suis prêt à marcher,
seulement vous me fournirez un ordre
chaque jour. Je suis un honnête homme,
moi, je ne dois pas un sou à personne...
Vous voulez faire un journal, je vous
aide, mais voilà tout. Je ne veux pas que
vous puissiez me reprocher de vous avoir
embarqué dans cette entreprise. Après
tout, ça réussira peut-être.

— C'est sûr ! affirma Montclair, qui
sous la table envoya un grand coup de
pied au gros homme.

Ce dernier se tut, mais tira une quittance de sa poche.

C'était le prix de l'affiche. Théodore fit
une moue ; mais Boutilois s'empressa
d'ajouter :

— Ce n'est pas pour réclamer de l'argent, mais simplement pour vous prier

de reconnaître où nous en sommes. Les affaires sont les affaires, que diable ! Mettez-moi en bas : vu et approuvé. C'est tout ce que je demande.

Boutilois avait trouvé là une industrie « usurière » bien moderne. Chaque année voit éclore une quantité considérable de journaux qui vivent ce que vivent les roses. Qnand un fils de famille solvable était dans l'affaire, notre homme accourait ; il faisait les fonds nécessaires au lançage, à la location du bureau, à la fourniture du papier, à l'impression, etc... etc... Les comptes étaient faits au nom du fils de famille, seul maître et propriétaire ; puis on avait soin de mettre au bas de la 4e page, de la nouvelle feuille, « imprimerie du journal ».

Ainsi au bas de la quatrième page du

Don Juan, on mettait, en petits carac-
tères :

IMPRIMERIE DU « DON JUAN »

Ces quelques mots minuscules étaient
gros de conséquences.

En effet, quand venait la culbute,
l'affaire allait au Tribunal de Commerce, et c'était pour le jeune homme,
ayant fait acte de commerçant, un cas de
mise en faillite. La famille, alors, désin-
téressait bien vite le larmoyant Boutilois, pour l'honneur du nom, et le tour
était joué.

Boutilois avait estimé qu'il pourrait,
sans la faire trop crier, extirper une
trentaine de mille francs à Mme Larose.
Dès lors il eut le porte-monnaie largement ouvert pour toute dépense pouvant être justifiée sur le Grand Livre du

8

journal le *Don Juan*. Il crut pourtant ne pas devoir céder aux instances de Montclair, qui voulait un magnifique bureau, donnant sur le boulevard.

— Une telle installation vaut le plus coûteux des lançages.

— Rien du tout, grogna Boutilois, c'est une grosse somme à donner à un propriétaire. Voila ce que j'y vois de plus clair ! six mois d'avance !

Il ajouta *in petto* :

— Une dizaine de mille francs à verser à un bourgeois qui ne m'offrira même pas cinq louis de commission ; et une quittance de loyer, ça ne se majore pas.

On s'installa donc, modestement, dans un des bureaux de l'imprimerie. Le premier numéro fut l'objet d'une remar-

quable sollicitude. Theuriet, qui avait
quelque obligation à Montclair, fournit
une petite machine pas féroce, Coppée,
un sonnet ; le reste sortit de la plume de
la rédaction, Pinguonnat en tête, lequel
écrivit pour la circonstance une gazette
rimée d'une délicieuse fantaisie. Quant
à Larose, occupé du matin au soir à
fournir des signatures, tantôt pour un
bon de cinquante centimes, achat de
pains à acheter ; 2 fr. 50, une paire de
ciseaux ; 0 fr. 75, du papier buvard ;
0 fr. 10, une boîte d'allumettes, il lui
avait été impossible d'écrire une ligne
de *Monsieur Alceste*.

— J'avais prévu le cas, dit Montclair ;
ne vous inquiétez pas. J'ai quelque chose
de tout prêt de Chincholle, qui nous don-
nera de la publicité dans le *Figaro*.

La veille de l'apparition du *Don*

Juan de nouvelles affiches furent apposées.

LIRE DEMAIN

LE DON JUAN

Rédacteur en chef : Modeste MONTCLAIR

En attendant **Monsieur Alceste,** le feuilleton si parisien de Théodore LAROSE, le **DON JUAN** s'est assuré la collaboration de

M. CHARLES CHINCHOLLE

qui publiera dans le

DON JUAN

LA FILLE ABANDONNÉE
Grand Roman d'aventures

Enfin, le premier numéro parut, le 15 février, et de l'avis universel des connaisseurs, il sembla bien fait, et bien présenté. Montclair eut le triomphe modeste, mais Théodore exultait.

— C'est pourtant moi qui ai donné la vie et le nom à cette chose qui n'existait pas, disait-il.

Le soir, il avait voulu réunir dans un banquet, au *Lyon d'Argent*, toute la rédaction et quelques grands confrères.

En mettant au clou tout ce qui chez lui avait une valeur quelconque, il avait pu rassembler la somme nécessaire au paiement du restaurateur.

A sept heures, on était au complet.

Montclair seul manquait.

— C'est lui qui s'est chargé d'amener le maître de la chronique, dit quelqu'un.

On attendit, les dents longues, jusqu'à huit heures.

Il se fit alors un grand bruit et Montclair entra, suivi de quelques célèbres. Il avait eu quelque peine à les prendre ; mais enfin y était arrivé. Il présenta Larose, auquel on s'obstina à n'accorder qu'une attention médiocre.

Le dîner fut... (ce qu'ils sont tous) long, banal, peu savoureux, mais servi à grand appareil. Personne ne remarqua que seuls les grands confrères burent le contenu de certaines bouteilles qui régulièrement se vidèrent aux places du milieu, dites « *Places d'honneur* ». C'était une attention particulière du restaurateur traitant des clients « de marque ».

Montclair, au dessert, se leva et porta un toast aux illustres qui avaient consenti à venir partager les humbles agapes de leurs jeunes émules.

— Vous êtes, dit-il, les parrains du

Don Juan, et notre rêve est de donner à nos parrains des preuves de notre savoir-faire et de notre vitalité. Alors peut-être consentirez-vous à devenir les collaborateurs du *Don Juan*.

On applaudit. Un grand confrère souhaita bonne chance au filleul et on se sépara sous différents prétextes.

— « Hélas ! que j'en ai vu mourir, de jeunes feuilles, » chantonnait le plus spirituel des chroniqueurs, en descendant l'escalier.

CHAPITRE VII

Il y avait un mois que le *Don Juan* paraissait.

Dans la salle de rédaction, Montclair venait de revoir la « morasse » et s'apprêtait à sortir avec Larose lorsque Boutilois entra.

Boutilois avait mauvaise figure et mine renfrognée.

— Il faut que nous causions, dit-il en posant son chapeau sur la table.

— Pas ici, répondit Montclair, descendons à la brasserie : il fait une soif !..

— Ah! non, par exemple, riposta Boutilois, pour que vous me fassiez le même
coup qu'hier. On est une bande à votre
table, on boit, on crie et le café ferme
sans qu'on ait pu s'expliquer. Pas de ça,
Lisette ! Du reste il n'est que minuit
moins le quart, j'en ai pour cinq
minutes ; vous serez donc bientôt devant
vos bocks.

— En ce cas faites vite, dit sèchement
Montclair.

— Voici ce que je voulais dire. Quand
vous avez fondé un journal, vous m'avez
demandé de vous faire les premiers fonds.
Je pensais me découvrir d'une vingtaine
de mille...

— Nous n'en sommes pas encore là,
dit Larose avec assurance.

— Pas encore là ! Mille tonnerres !

mettez dix mille avec et vous serez dans le vrai !

— Vous exagérez !...

— De trois ou quatre cents francs peut-être, mais avec le tirage de demain, nous y serons...

— Nous avons été si vite que cela ?... soupira tristement Larose.

— Parfaitement ! Et si je n'avais pas été là pour vous économiser mille frais, nous serions loin, plus loin encore. Vous vous souvenez de l'installation luxueuse que vous me réclamiez. Ai-je eu raison de vous arrêter sur cette pente fâcheuse ? Vos deux affiches de lançage, timbre et papier, vous ont coûté quinze mille environ. On a fait cinq mille francs de publicité dans les grands journaux ; le reste a passé dans l'imprimerie et les frais de bureau. Voilà pour les dépenses toutes reconnues et avalisées par vous, monsieur Larose. Quant aux recettes, elles ont été minimes, néanmoins elles constitueraient une petite somme si vous n'étiez venu chaque jour ramasser jusqu'au fond de la caisse pour payer la rédaction. Ainsi donc voici la situation : dépenses 30,000 ; recettes 000.

— Mais, mon cher monsieur Boutilois, dit gravement Montclair, vous savez aussi bien que moi qu'un journal — pas plus que Paris — ne se fonde en un jour.

— Je le sais, mais je ne puis aller plus loin. Je ne marche plus, comme disait M. Pinguonnat l'autre jour. Il paraît que vous ne les payez pas cher vos rédacteurs, mon gaillard.

— C'est notre affaire ! interrompit violemment Montclair, vous pouvez vous

retirer. Après un mois de labeur appré-
cié, je peux le dire, par tous les gens du
métier, nous n'aurons qu'à nous baisser
pour trouver un commanditaire au sac.
Voici venir l'époque des réélections. Le
moment est bien choisi pour se séparer
de vous, monsieur Boutilois. Décidément
je vous croyais plus dans le mouvement.

— Autant dans le mouvement que quiconque, vous entendez, monsieur Montclair.

Puis se tournant vers Théodore et se
radoucissant :

— Monsieur Larose, j'aurai l'honneur
de vous envoyer mon compte demain,
avec une petite note explicative. Vous
verrez du reste que tout se passera bien
et que nous n'aurons pas maille à partir
ensemble.

Cela dit, Boutilois se retira.

Montclair dépensa en vain des trésors d'éloquence pour rassurer son ami. Théodore s'inquiétait sérieusement. A peine but-il un bock. Il quitta la brasserie, prétextant une migraine.

— Ne faites pas une pareille tête, avait dit Montclair, c'est quand les affaires vont très mal qu'il faut savoir se montrer joyeux, pour imposer confiance. D'ailleurs il n'y a rien de cassé. L'imprimeur fera crédit pendant deux ou trois jours si Boutilois s'entête, et en deux ou trois jours je me fais fort de trouver vingt commanditaires pour un.

Cette nuit-là Théodore dormit peu. Pour comble de malheur, au petit jour, Estrella se plaignit d'intolérables douleurs, à l'estomac, au ventre.

Un médecin fut appelé qui vint en toute hâte.

Ayant examiné la malade :

— Ce n'est pas, dit-il, la première fois que vous souffrez ainsi.

— Non, répondit Estrella, seulement je souffrais moins.

— Et vous êtes mariée depuis combien de temps ?

— Six mois à peu près, dit Théodore embarrassé.

— Ça suffit ; je vais vous indiquer un purgatif anodin et pas mauvais. Si vous ressentiez ces mêmes douleurs vous en feriez usage. De plus, continua le médecin toujours souriant, vous voudrez bien vous abstenir de mouvements violents tout en prenant un exercice salutaire, moyennant quoi, dans sept mois environ, vous mettrez au monde un superbe moutard auquel je souhaite, madame, de vous ressembler.

En voyant les figures subitement assombries des deux jeunes gens, le docteur comprit qu'il annonçait une nouvelle fâcheuse. Il salua et s'esquiva.

Les amants restèrent seuls.

Estrella fondit en larmes.

— En voilà une affaire ! gémit Théodore.

Un long silence.

Tout à coup Estrella cessa de sangloter.

— Ami, dit-elle brusquement, parlant vite, les dents serrées, tu sais que cet enfant est de toi ; tu le sais, tu ne m'abandonneras pas.

— Peux-tu penser des choses pareilles, reprit Théodore. T'abandonner ! ni aujourd'hui, ni demain, ni jamais !

— Viens m'embrasser ! tu es bon ! je t'aime.

Les deux amants enlacés se mirent à verser de vraies et bonnes larmes.

Théodore avait oublié le *Don Juan*, Boutilois et le reste, trouvant un apaisement plein de charme à pleurer dans le cou de sa mignonne maîtresse.

Soudain un violent coup de sonnette retentit; la bonne entra portant une liasse de papier bleu et une lettre non affranchie.

C'était la première fois que Théodore voyait du papier timbré. Elevé dans les principes sévères des échéances rigoureusement observées, il avait l'instinctive crainte de tout ce qui était protêt, commandement.

Il considérait même la sommation avec frais des contributions comme une sorte de tare.

Il pressentit que les papiers étaient ce

qu'on est convenu d'appeler des exploits
d'huissier, il rougit. Et passant dans une
autre pièce il se mit à étudier ce volu-
mineux factum.

Il vit d'abord un compte rigoureusement détaillé, par francs et par centimes,
de toutes les dépenses du *Don Juan*.
Rien n'avait été oublié. Cela montait
à 29,983 fr. 85 cent. Venait ensuite une
sommation à comparaître devant le Tribunal de Commerce pour « s'entendre
condamner à payer la dite somme à
M. Boutilois, demandeur » ; signature
illisible.

Le jeune Larose baissa la tête.

— Qu'ai-je été faire dans cette galère !
Et pourquoi avoir écouté les conseils de
Montclair ! Un malin qui s'est fait une
belle publicité sur mon dos ! Avais-je
besoin de fonder un journal ?... puisque

9

je n'ai même pas trouvé le moyen
d'écrire une seule ligne de mon roman,
absorbé que j'étais par le côté administratif de cette désastreuse affaire !

La lettre non affranchie était restée à
l'écart.

Théodore l'ouvrit et la lut :

« Monsieur,

» Ne m'en veuillez pas de vous adresser un peu brutalement mon petit
compte, et surtout ne vous en inquiétez
pas outre mesure. J'ai fait remettre hier
le même compte à Mme Larose, au Havre
par un de mes correspondants. Votre
vénérable mère a pu vérifier ce qu'était
en vérité l'entreprise par vous tentée.
Elle sait qu'aucun argent n'a été follement dépensé et que dans votre intérêt
elle ne peut se refuser à solder votre

dette. Peut-être vous reprochera-t-elle
de vous être lancé dans des dépenses un
peu fortes sans la consulter. Mais vous
en serez probablement quitte pour une
forte semonce. Le plus à plaindre en
tout ceci, c'est moi, car très gêné en ce
moment, je devrai cependant accorder à
madame votre mère le temps qu'elle
désirera pour s'acquitter envers moi.
Pour vous prouver que je ne vous en
veux pas, je vous invite à déjeuner au
café des Variétés. Je vous donnerai de
bons conseils. Venez, vous ne vous en
repentirez pas.

    » Bien à vous.

        » BOUTILOIS. »

Cette lettre eut pour effet immédiat de
rasséréner Théodore. Il fut même reconnaissant à Boutilois d'avoir si adroite-

ment préparé le terrain de conciliation
entre lui et sa mère.

Ses réflexions furent coupées par un
autre coup de sonnette.

Bientôt après la bonne introduisait un
gros homme court, chauve, ventru ;
Théodore reconnut maître Poussat, pré-
sident de la Chambre des Notaires du
Havre et depuis près d'un demi-siècle
notaire de la famille.

L'officier ministériel entra gravement,
s'assit gravement, toussa gravement, se
moucha gravement et gravement aussi
commença :

— Monsieur Larose, vous devinez sans
doute le sujet qui m'amène? Votre digne
et vénérée mère a reçu hier un dossier
vous concernant. L'excellente dame,
anéantie de chagrin, m'écrivit de suite,
s'excusant de ne pouvoir venir à mon

étude. Je me rendis donc chez elle ; elle insista pour que je vinsse à Paris mettre ordre à vos affaires. Notaire de vos ascendants depuis quarante-cinq ans, mon devoir était de prendre le premier train. Je l'ai fait et me voici.

Après son exorde, maître Poussat prit une pose savante, et ménageant son effet, reprit :

— Votre digne et vénérée mère m'a donné mission de vous faire de justes remontrances ; mais le simple examen des faits suffit à vous suggérer les plus amères pensées. Vous portez un nom respectable et respecté, monsieur Larose. Si vous n'avez nul souci d'en garder la dignité, ce soin nous incombe. La signature Larose, universellement connue, ne sera pas protestée, et l'affaire, je n'ai pas besoin de vous le dire, n'ira point au

Tribunal de commerce. J'ai déjà vu ce matin l'avoué qui s'est chargé d'examiner vos livres et de traiter à l'amiable avec votre créancier.

Ici maître Poussat assombrit sa voix.

— Je dois ajouter que dès demain paraîtront dans les journaux judiciaires les lignes suivantes : «Mme veuve Jérémie » Larose, du Havre, réunissant un conseil » de famille, déclare d'ores et déjà ne pas » reconnaître les dettes contractées à » l'avenir par son fils Théodore Larose, » demeurant actuellement rue de Gram- » mont, à Paris.» Je ne saurais trop vous engager à réintégrer le plus tôt possible le domicile maternel, où vous attend peut-être un pardon que vous méritez peu.

Ayant ainsi parlé, le digne tabellion sortit gravement encore.

Larose, un peu penaud, se félicita bien

vite de l'inattendue tournure que pre-
naient les choses.

Laissant au notaire le temps de s'éloigner, il dégringola ensuite les escaliers
et se rendit au café des Variétés.

Boutilois l'attendait.

Dans sa joie il se hâta de lui raconter
ce qui venait de se passer.

— Eh bien ! dit Boutilois épanoui, vous
voyez que j'ai bien arrangé tout ça ! Je
vous ai promis un conseil, en voici
deux ; le premier : méfiez-vous de Montclair, ce garçon vous mènerait loin. Le
second est tout autant dans votre intérêt.
Vous êtes, paraît-il, romancier, et vous
avez, dit-on, sur le chantier un tas de
bonnes choses ; eh bien, travaillez, faites
comme Monastruc, qui ayant hérité de
quelques cents francs s'est retiré à la
campagne, à Argenteuil, et en revient

avec deux ou trois œuvres parachevées.
Si on a besoin d'un document, en quinze
minutes on est à Paris. Je vous indique-
rai un pavillon que gère une brave
femme de ma connaissance, Mme Larombel. Elle vous facilitera toutes choses.
Quand vous reviendrez à l'automne, ap-
portez-moi un roman fouillé, fini, bien
moderne. J'ai dans de grands journaux
certains intérêts et vous verrez, vous serez content de moi.

Ayant déjeuné, les deux hommes se
séparèrent.

Théodore reprenait de plus en plus
courage. C'est en chantonnant qu'il rentra rue de Grammont.

— Sois heureuse, mignonne, dit-il à
Estrella, nous allons quitter Paris pour
aller vivre à la campagne. Nous serons
loin, seuls tous deux, loin de cette vie

de fièvre; nous nous aimerons plus encore, longtemps, toujours.

La jeune femme ne demandait qu'à
être heureuse.

Tous les soucis furent oubliés : on ne
pensa même plus à la situation particulièrement intéressante d'Estrella.

— D'ailleurs, conclut Théodore, nous
avons le temps! Sept mois, c'est presque
un siècle !

CHAPITRE VIII

Paris est le refuge de tous ceux qui, végétant en province, accourent, sur la foi de récits fabuleux, cherchant fortune.

Malheureux dans son hameau où, suivant le cliché, *l'agriculture manque de bras*, le paysan, en la grand'ville, devient facilement misérable. Il gagne la banlieue, où les loyers sont moins chers, les horizons plus larges.

C'est dans le centre que l'on meurt le

plus facilement de faim ; et le pauvre retourne d'instinct vers le champ possible, où l'aumône de la nourriture est plus facile, la production étant plus proche.

Paris, c'est l'énorme vague, grossie du flot des assoiffés et des déshérités ; la banlieue en est l'écume. Elle a remplacé les anciens faubourgs, maintenant transformés en quartiers élégants ; mais de même que Belleville avait (et possède encore) ses ouvriers révolutionnaires, la Glacière ses chiffonniers, la Maison-Blanche ses corroyeurs, Montmartre et Batignolles ses artistes réfractaires et ses bohèmes ; de même Saint-Ouen est devenu la patrie de l'anarchie, Ivry le séjour des biffins, et Asnières le paradis des bookmakers.

Asnières ! Que de joyeux souvenirs évoque ce nom pour tous ceux qui firent

profession de rire, chanter et boire, de
1850 à 1875. Les bals du Château-d'Asnières, la Grande-Jatte, les canotiers
criant : « Ohé ! du canot ! » les cano-
tières, en habits masculins, que tout
cela est loin ! Le château d'Asnières est
maintenant un collège dirigé par des re-
ligieux ; Trianon, où la « foule immense »
portait Markouzki en triomphe, est une
usine d'électricité ; la Grande-Jatte est
devenue le rendez-vous des escarpes en
goguette ; le canotier est administratif et
syndiqué ! Il s'abrite en des garages pompeux construits à l'instar du palais des
Doges ; la canotière, travestie, monte
maintenant en bicyclette : criant, cor-
nant, zigzagant, écrasant les pattes des
toutous, nombreux dans le pays.

Actuellement, trois populations s'y
coudoient sans se mêler.

La première, par l'ancienneté, tend à disparaître : elle est composée par l'ancien habitant, par l'autochtone, portant hiver comme été la casquette marine, la vareuse et le maillot. Dédaigneux et superbe, regardant avec mépris les toilettes à la mode, il se promène, tel un Comanche dans une cité américaine, foulant un sol qui fut sien, mais dont on l'a brutalement exproprié. Signe distinctif : fume la pipe et porte des sabots par le mauvais temps. A vendu ses bateaux, depuis que la Seine est envahie ou par les gommeux, ou par les « cafouilleux ». Attribue la décadence de sa patrie à l'affranchissement du pont, et envie Argenteuil, ville rivale, où le péage subsiste.

— Autrefois, dit-il, quand il fallait donner un sou pour traverser le pont et

un sou pour le repasser, cette simple
formalité écartait bien des jolis sei-
gneurs qui, maintenant, viennent ici
traîner leurs guêtres. A l'endroit où se
dresse cette grande maison locative, il
y avait une tonnelle où l'on prenait le
piccolo avec Lambert Thiboust et avec
Bouvier, dit Gueule d'Or. C'était le bon
temps.

Il semble alors qu'une larme va lui
perler aux cils, rouler le long de son
rude visage couleur brique et se perdre
dans le col largement ouvert aux intem-
péries des saisons.

La seconde fraction de la population
est artistiquement bourgeoise. Elle se
compose d'écrivains, de poètes, de com-
positeurs, de comédiens, de chanteurs,
d'amis des arts et de gens désireux de
s'affranchir de l'étiquette parisienne, et

de vivre à l'aise, et sans concierge !

La troisième fraction est composée de bookmakers, de croupiers, d'agents d'affaires bizarres, de coulissiers marrons, de femmes qui vivent « en garçons ». Tout ce monde n'a qu'un moyen d'existence : le jeu, et plus particulièrement les courses.

Suivant le conseil de Boutilois, c'est à Asnières que Théodore vint se fixer.

Ledit Boutilois lui avait indiqué une série de pavillons situés dans un grand jardin. Il en loua un à Mᵐᵉ Larombel, soupeuse de l'Empire qui, plus que quinquagénaire, et quelque peu matrone, servait en même temps de femme de ménage et de concierge à ses locataires. Sa devise était que les gens qui logeaient chez elle devaient s'y plaire, et qu'il était bon de placer autant que possible les jolies filles pas loin des gentils garçons.

Ladite Mme Larombel plut beaucoup à Théodore. Elle se fit raconter l'histoire d'Estrella, pleura même, attendrie, et jura, comme dans les drames de Pixérécourt, d'être la seconde mère d'une jeune héroïne d'un roman d'amour qui lui rappelait si bien sa jeunesse.

S'exaltant de plus en plus, elle conta ses propres aventures. Théodore les jugea dignes d'intérêt. Il convint même de prendre des notes, pour rédiger sous forme de « lettres » une « étude psychologique » qu'il baptisa, avant même qu'elle fut née : *Souvenirs d'un cœur*.

— D'un cœur tendre, ajouta Mme Larombel, après quelques minutes de réflexion, les yeux perdus dans la rosace du plafond.

Quelques jours après, les deux amants emménageaient.

Pour que Mme Larose ne pût se douter de rien, Théodore avait laissé des meubles dans l'appartement de la rue de Grammont.

Le concierge avait reçu l'ordre, en cas de visite, de dire que « Monsieur » avait obtenu du ministre des Beaux-Arts une mission exigeant des recherches dans les bibliothèques de province.

Estrella fut toute joyeuse de s'installer à Asnières. Une basse-cour, au fond du jardin, l'amusa, et elle se promit de douces heures de *farniente* et de bonne franquette à l'ombre et au frais. Dans un besoin de sentimentalité bébête, son cœur s'épanouissait aux caresses faussement maternelles de la propriétaire. Théodore lui semblait transformé. Une

fièvre de travail le brûlait, il avait hâte
de se mettre à l'œuvre. Dans une petite
pièce placée sous les combles, il disposa
rapidement une natte, une table, deux
chaises ; empila livres et papiers sur une
étagère, déboucha une bouteille d'encre,
tailla des crayons de couleurs différentes,
mit à des porte-plumes divers des plu-
mes variées, et déclara, content de lui,
que le lendemain il se mettrait à l'ou-
vrage.

— Oui, dit-il, dès demain, à l'aube, à
l'heure bénie où les oiseaux chanteurs
commencent leurs concerts, où, dans la
première caresse du soleil, s'éveille la
nature. Vois-tu, disait-il à Estrella, c'est
bien dommage que je ne sois pas venu
ici plus tôt. A Paris, on ne trouve pas le
temps de se ressaisir. Que d'heures per-
dues ! Heureusement, j'ai emmagasiné

suffisamment d'idées là-dedans (et il se frappait le front) pour ne pas avoir à regretter une presque laborieuse oisiveté. J'ai pensé, je vais écrire.

Ce soir-là, Estrella s'endormit heureuse.

L'aurore, cependant, était depuis longtemps levée, quand Théodore fit de même.

Il escalada l'échelle conduisant à ce qu'il appelait, non sans emphase, son *usine à idées*. Les oiseaux chantaient encore et le soleil tapait dur.

Avec méthode et recueillement, Théodore ouvrit un manuscrit, un de ces fameux manuscrits qui consistaient en un cahier de papier blanc.

Le manuscrit avait un titre, par exemple, et nettement calligraphié, en belle ronde.

Il était intitulé :

GILETS EN COEUR

Étude fin-de-siècle.

1891

Notre auteur se sentit envahi par un trouble étrange. Cette date, 1891, l'arrêta court dans son élan.

— Pourquoi 1891, puisque nous sommes en 1892 ? grogna-t-il.

Et il s'apprêtait à transformer le 1 en 2, quand un scrupule lui vint.

L'œuvre, pour être écrite en 1892, n'en avait pas moins été conçue en 1891. Était-ce la date de la conception ou celle de la rédaction qui devait compter ?

— La rédaction, conclut-il, travail matériel, besogne d'ouvrier presque, n'est rien. C'est la conception qui est tout !

Puis, en y pensant davantage, cette

idée lui vint que si son livre paraissait
l'année suivante, l'éditeur le daterait de
1893. C'en était trop ! Ces réflexions se
présentant en foule à son esprit embru-
mèrent la limpidité cérébrale au milieu
de laquelle il avait vu, la veille encore,
son œuvre fin-de-siècle. Il décida de s'attaquer à autre chose.

Il attira un second manuscrit.

MISS MORPHINE

Étude médicale.

Il pensa que c'était en collaboration
avec un de ses camarades, étudiant en
médecine (1re année), très ferré sur la
question, qu'il devait mener à bien cette
œuvre très documentaire. Vivement, il
saisit un autre cahier.

LE GÉNÉRAL DÉROUTE

Étude militaire.

Pour celle-là, il n'y devait point son-
ger. Une visite aux champs de bataille de
l'Est était indispensable, des relevés to-
pographiques nécessaires, des entretiens
avec les gens du pays obligatoires. Vu
l'état de ses ressources, il ne pouvait en-
treprendre actuellement un voyage fatalement dispendieux. Et il eut un grand
découragement. Décidément, tout était
contre lui ! Il eut le pressentiment que
cette matinée serait encore perdue pour
le travail. Au moins ne fallait-il pas
qu'elle le fût pour la promenade, ce sti-
mulant de la pensée, pour l'hygiène, ce
réparateur puissant des cerveaux sur-
menés par une saison parisienne. En se
penchant à la fenêtre, au moment où il
se préparait à descendre pour aller faire
un tour sur les bords de la Seine, Théodore aperçut Estrella qui, en compagnie

de Mme Larombel, arrosait des salades.
Il craignit de déserter, ou plutôt de sem-
bler déserter le travail. Il se rassit donc,
roula une cigarette, se livra à quelques
réflexions dont il constata lui-même la
stérilité ; roula une deuxième cigarette,
lut son journal jusqu'aux annonces, et
poussa un soupir de soulagement quand,
de sa voix fraîche, Estrella l'appela :

— A table, travailleur, à table !

— Et d'abord, continua-t-elle, quand le
« travailleur » fut descendu, vous allez
monsieur, me donner la clef de votre
usine à idées, comme vous dites. Je ne
veux pas que vous tombiez malade à
force de travail.

Théodore consentit à se reposer le
reste du jour, et promit de sortir pour
se distraire. Après avoir longuement déjeuné, écouté ensuite quelques récits de

Mme Larombel, une impitoyable bavarde,
il se leva, annonçant son désir de visiter
la localité qu'il n'avait qu'entrevue.

En fermant derrière lui la porte du
jardin, il murmura :

— Nous allons voir un peu ce que les
Asniérois ont dans le ventre !

CHAPITRE IX

A dix jours de là, mollement étendu sur deux chaises, Théodore sirotait tranquillement une absinthe à la terrasse du café Chatenet, regardant couler l'eau de la Seine, très basse en ce moment.

Il faisait une chaleur torride — 32 degrés à l'ombre — et c'est à cela que le jeune Larose attribuait la veulerie de sa verve.

C'est en vain que chaque matin, depuis plus d'une semaine, il avait essayé de se mettre à l'œuvre. Il devait constater au bout de quelques minutes que ça ne venait pas.

— Il fait trop chaud, disait-il.

C'était d'ailleurs l'avis d'Estrella, adversaire du « surmenage ».

Et certes, ne suffisait-il pas d'ouvrir les journaux pour y lire à la rubrique « Déplacements et villégiatures » : M. Bourget à X.-les-Eaux, M. Cherbuliez à X.-les-Bains, M. Richepin à Z sur-Mer.

— Je n'ai pas le droit de me croire plus malin que ces aînés, murmurait Théodore. Et ce n'est pas le moment où ils se reconnaissent incapables d'assembler deux idées que je choisirai pour mettre au jour quelque chose de fatalement mauvais. Et puis, pour mes débuts, je n'ai pas le droit de faire une œuvre médiocre.

Energiquement, il se condamna à quelques jours de repos encore.

C'est en cette posture que nous le retrouvons, non découragé, mais s'ennuyant ferme. Les amis de Paris lui manquaient. Plus de longues conversations littéraires, le soir à la brasserie, où l'on éreintait tour à tour Hugo, Musset, Lamartine et Leconte de Lisle. Plus de projets avec celui-ci qui sera directeur de théâtre l'année prochaine, avec cet autre qui n'attendait qu'une commandite, assurée d'ailleurs par traité en bonne forme, pour faire de grandes choses.

Ces combinaisons, mon Dieu, n'étaient pas rigoureusement sérieuses et trop souvent échouaient; mais qui sait! les choses les plus folles ne peuvent-elles pas réussir?

Malgré la canicule, une idée géniale

avait pourtant germé dans la cervelle
du jeune romancier.

Il y a, à Asnières, une colonie de litté-
rateurs arrivés et fort supérieurs à ceux
de Montmartre et du quartier Latin.

— Il doit être très facile ici de lier connaissance! En route!

Dès le lendemain de cette belle réso-
lution Théodore commençait des démarches. Hélas! il apprit qu'Armand Sil-
vestre partait dès le matin pour la capitale et ne revenait que le soir très tard,
qu'Edouard Cadol fréquentait peu les
cafés. Les auteurs rencontrés de droite
et de gauche lui parurent accessibles pour
faire une enragée partie de billard,
bâiller un whist silencieux; mais aucun
ne lui sembla disposé à discuter *inter
pocula*. Silvain, le brillant tragédien de
la Comédie-Française, qu'il rechercha et

finit par découvrir sur la berge et auquel
il voulait parler d'un acte en vers, digne
pendant du *Passant*, le reçut en bour-
geron noirci de charbon et prêt à monter
sur son petit vapeur, et lui dit :

— Jeune homme, le chariot de Thespis
est aujourd'hui une barque mue par une
machine Mors, puisant au fleuve lui-
même l'eau qui doit alimenter sa chau-
dière. Si le cœur vous en dit, embar-
quez ; nous partons pour trois jours :

> Nous allons à Conflans,
> A la chasse aux culs-blancs!

Théodore regagna sa demeure où l'attendait une lettre qui acheva de le ter-
rasser.

Le concierge, soudoyé sans doute,
avait parlé, et Mme Larose écrivait :

« Si vous désiriez prendre un peu de

bon air pur, vous n'aviez qu'à venir pas-
sér quelques semaines auprès de nous.
Il ne me plaît point d'être complice de
vos débordements et de votre paresse.
Je vous avise donc qu'à dater de ce jour,
vous n'attendrez de moi qu'une pension
alimentaire de cent vingt-cinq francs par
mois. »

Théodore resta stupéfait; mais il se
remit vite. Il eut le geste d'Ajax sur son
rocher et gronda sourdement :

— J'arriverai malgré le ciel même !

Cette véhémente imprécation suffit à
lui donner confiance et c'est quelques
minutes après que nous le trouvons,
mollement étendu sur deux chaises,
sirotant son absinthe au café Chatenet.

Il prit la décision de se mettre résolu-
ment au travail... le lendemain.

Il rêvait à cela, quand soudain l'appel d'une voix connue le fit se retourner.

C'était Pinguonnat; mais un Pinguonnat particulièrement souriant et aimable, se souvenant de ses récentes chroniques au *Don Juan*.

— Comment, s'écria le poète, vous êtes donc Asniérois! C'est une bonne fortune pour la localité. Comment va?

Théodore offrit l'absinthe et l'on causa.

— Ce que je fais, répondit Pinguonnat à une question de Larose! Ne m'en parlez pas! Il se publie à Paris un journal qui lance un purgatif sans saveur; je suis payé fort cher pour y déposer des ordures fantaisistes et versifiées. Que voulez-vous! j'ai mis ma muse au clou!

Le jeune homme gémit longuement sur la dureté des temps modernes fermés aux manifestations littéraires et, en incorrigible qu'il était, se mit à dire le chapelet de ses œuvres, toutes à peu près terminées ajoutait-il.

L'énumération inquiéta Pinguonnat.

— Jeune homme, s'exclama-t-il, vous me semblez en pincer fortement pour le document. Eh bien, écoutez, la nature aidée de la main de l'homme offre ici un vaste champ à vos investigations. Voyez là-bas.,. de l'autre côté du fleuve... C'est l'égout collecteur. Penchez-vous sur ce grouillement, examinez, reniflez, et de ce labeur pénible, j'en conviens, mais à coup sûr fécond, sortira une œuvre de haut goût. J'en veux être le parrain et voici le titre que je vous donne, pour rien.

L'ANUS DE PARIS

ou

LE MICROBE AUX AILES D'OR

Étude Pastorienne.

Et Pinguonnat, très digne, sortit laissant son interlocuteur stupéfait, mais
fort peu vexé. Larose avait été blagué ;
mais au moins avait-il causé. Et la lan-
gue lui démangeait depuis si longtemps !
Estrella le charmait autrement que par
sa conversation et Mme Larombel, bavarde au contraire, était parfaitement
assommante. Et Théodore recommen-
çait à s'ennuyer quand, à une table voi-
sine, il aperçut un bon gros garçon à
mine réjouie. Celui-ci ne demandait qu'à
parler. En effet, à haute voix, comme
pour être entendu de la galerie, il s'é-
cria :

11

— Je paye dix qu'il pleuvra ce soir.

Théodore ne comprit pas très bien, mais se crut obligé de répondre :

— Vous croyez?

— Je payerais 15, car si le terrain restait dur, ma favorite Fiammetta pourrait tomber « *broken down.* »

— Vous m'épouvantez, dit Théodore comprenant de moins en moins.

— Ah! Fiammetta est aussi votre favorite ?

— Oh! monsieur, n'allez pas croire... que j'aille sur vos brisées.

— Ah bien! vous n'êtes pas le seul! Si tous ceux qui l'ont touchée dimanche dernier chargent pour elle demain, il y aura de l'argent dehors.

Théodore, abruti, se demandait à quel homme dénué de sens moral il avait affaire.

L'individu continua :

— Vous avez l'air de tomber du ciel.
Il ne faut pas que ça vous étonne. Si
vous croyez être le seul à avoir distingué
Fiammetta! Vous voilà tout déconfit.
Pour vous consoler, permettez-moi d'offrir une tournée... et un tuyau pour la
deuxième.

Déconfit, Théodore ne l'était pas, et
pour cause. Il n'avait rien compris.

Le « bookmaker », c'en était un — on
l'a reconnu — n'en revenait pas.

— Comment, vous n'êtes jamais allé
aux courses?... Ah çà! mais... qu'est-ce
que vous faites donc?...

— De la littérature!

— C'est gentil; mais enfin çan'est pas
ça qu'on appelle faire des affaires... C'est
fort bien, une petite chanson au dessert,
même au concert; mais dites-moi, qu'est-

ce que ça vous rapporte par an votre littérature?

— Pas grand chose encore... mais ça
viendra !... D'ailleurs le véritable écrivain fait de l'art pour l'art.

— Chacun son goût! Moi j'appelle
faire un beau livre écrire beaucoup de
paris dessus, car alors ce sont les joueurs
qui jouent entre eux ; j'empoche 10, 15,
20, 30 pour cent, et voilà !

La conversation prenait une tournure
qui ne pouvait que déplaire à Théodore.

Néanmoins, comme faute de grives on
mange des merles, qu'il en était d'ailleurs arrivé au point où, comme Midas,
on se confesse aux roseaux, il entama
une discussion sérieuse avec le bookmaker sur les « beautés » de la vie artistique. Il triompha sans peine, citant Bau-

delaire, Musset, arrivant insensiblement à une époque plus moderne lui permettant de se mettre en scène. Il stupéfia complètement son interlocuteur qui ouvrait des yeux ronds, admiratifs.

L'heure du dîner approchant, il fallut se quitter.

— Vous êtes un chouette ! dit le bookmaker, un vraiment chouette ! et je regrette pour vous bien comprendre de n'avoir été qu'à l'école... Tenez, si vous voulez venir ce soir, j'ai des amis ; amenez madame... Vous autres, vous avez toujours une petite femme gentille...

Théodore se crut obligé de rougir.

Amable Tronquois, le bookmaker, continua :

— Amenez madame, et nous boirons le champagne.

Théodore rentra chez lui écœuré.

Il se dit qu'une telle société n'était pas faite pour lui.

— Non !... plutôt l'ironie jalouse d'un Pinguonnat que l'imbécile admiration de ces gens de peu et de jeu... Allons, bon !... Voilà que je fais des à peu près. C'est ce crétin qui déteint sur moi. Ce soir j'allumerai la lampe de Millevoye... autant de pris sur la paresse permise.

Pendant le dîner Théodore réfléchit et resta muet.

Estrella l'interrogea.

— C'est, dit-il, que j'ai découvert une mine de documents. Je veux ce soir sonder des abîmes de vices et de turpitudes.

Après dîner, il se rendit au café où Tronquois et ses amis faisaient débauche de Mumm et de Clicquot.

Fort éméché, Théodore rentra en se frottant les mains.

Il murmurait :

— Que de documents ! Que de documents !

CHAPITRE X

Oui, le document existait, trop abondant même, car Théodore ne savait trop comment attaquer l'œuvre dont il voyait les personnages, en chair et en os, s'agiter autour de lui.

La société souffre aujourd'hui d'un mal que les pouvoirs publics n'ont pu guérir. L'administration, qui comprit un jour que le développement des courses et des paris pouvait devenir un danger, exaspéra le vice grandissant par des taqui-

neries molles et mesquines. Bien plus,
sous prétexte d'endiguer le mal, elle installa le pari mutuel qui, sans supprimer
les bookmakers, changea le ruisseau en
torrent. Jadis, le sport hippique était
le monopole des gens fort riches ; aujourd'hui, tout le monde parie. Le don-
neur au livre vient prendre les ordres à
domicile. Le garçon de café, versant un
mazagran, vous confie qu'il vient de
risquer tous les pourboires de la veille
sur « Galopin », et le coiffeur, en vous faisant une coupe soignée, vous conseille
de ponter sur « Miranda », qui porte en
croupe ses bénéfices de la quinzaine.
Les camelots hurlent dans les rues ;

— Voici *Paris-Sport !* le résultat complet des courses !

Et l'anse du panier fait de folles sara-
bandes : le calicot recèle et vend à vil

prix des étoffes précieuses, l'employé de
banque risque la recette de la journée,
prédestinés à verdir sur les dalles de la
Morgue, le jour où le coup n'aura pas
réussi.

Théodore eut l'intuition de cela.

Surpris d'abord, il ne tarda pas à s'ac-
coutumer à cet étrange commerce d'argent dans lequel des gens perçoivent,
sans responsabilité aucune, des bénéfices
des 10 et 20 pour cent chaque jour. Et
comme, depuis la décision nouvelle de
Mme Larose, l'argent devenait rare, il se
prit à envier le gain facile qui se faisait
autour de lui. Il chassa d'abord très loin
cette pensée qui devint obsédante. Il se
dit enfin, un jour, que Pierre le Grand,
pour mieux connaître le métier de char-
pentier, avait pris le marteau et l'équerre.
Donc, pour mieux écrire le livre rêvé, il

résolut d'aller au fond des choses, et fit
des bookmakers son ordinaire société. Il
fut le client assidu des courses de Saint-
Ouen, de Bois-Colombes et de Colombes.
Et pourtant les chaleurs étaient plus rares; l'automne dorait la cime des arbres.

— Je prendrai la plume, disait Théodore, quand viendront les frimas, quand
rien ne m'attirera plus dans ces réunions, d'où je reviens chaque soir avec
un détail nouveau.

Il est vrai que les bookmakers lui
fournissaient des renseignements pré-
cieux grâce auxquels il parvenait à faire
quelques bénéfices : la matérielle, comme
on dit. Une fois même, il se surprit
tenant le livre de l'un d'eux qui, pendant
ce temps, fournissait, au commissaire de
police chargé de la surveillance du
champ, de multiples explications. Théo-

dore voulut d'abord poser là le livre et
s'enfuir : il avait la vision brusque du
Havre, de sa mère, de cette maison
Larose, connue sur le marché par cinquante ans de probité commerciale, de
ses cousins, de sa jeunesse, de son prix
au concours général. Il avait fermé les
yeux et fut fort étonné, quand il les
ouvrit, de ne voir autour de lui aucun
des personnages évoqués.

— Après tout, songea-t-il, Glatigny,
le doux poète, a joué des « pannes » dans
des bouis-bouis ; Richepin a suivi en
amateur des troupes de saltimbanques :
je peux bien chasser mes bourgeoises
pensées.

Et comme le commis du bookmaker
lui envoyait :

— Cinq louis à 4, sur « Grenouille » ;
« Grenouille » est maintenant à 3 !

Il inscrivit et éprouva une agréable sensation en voyant se gonfler petit à petit la sacoche que, par un reste de respect humain, il laissait pendre le long du piquet, n'osant pas se la mettre en sautoir.

Le soir, le bookmaker, relâché par la police satisfaite de l'avoir quelque peu molesté, déclara qu'il voulait être très chic.

— Vous m'avez rendu un vrai service, en me remplaçant ; je veux être pour vous ce qu'on est entre gens du monde. C'est égal ! si « Grenouille » était arrivée, je buvais un fameux bouillon ! Vous n'avez pas élevé la côte assez rapidement, mais vous comptez vite et on ferait facilement quelque chose de vous. En passant, nous allons dire à la mère Larombel de nous faire servir un bon

dîner. Ça lui fera plaisir à cette femme !
Et puis c'est une bonne cliente, et les
bonnes clientes, ça s'arrose de temps en
temps.

Et de fait, la soirée fut joyeuse : le
dîner était médiocre, le vin mauvais ;
mais Mᵐᵉ Larombel fit la petite folle et
se montra d'une tapageuse gaîté au
travers de laquelle s'échappaient des
mots étrangement salés.

Au dessert, elle devint sentimentale
et pleurnicheuse.

— Ces chers enfants ! s'écria-t-elle,
enveloppant Théodore et Estrella d'un
long regard mouillé, je les aime comme les
miens ! Leurs familles sont injustes envers eux. A-t-on jamais vu deux amours
pareils ? Mais il n'y a pas de paix... Moi
vivante, on ne touchera pas un cheveu
de leur tête ! Ce que j'ai dit... c'est dit !

La conversation, de générale, devint particulière.

Mme Larombel expliquait à Théodore, avec force détails, qu'elle comptait beaucoup sur la saison d'hiver. Les courses plates et à obstacles ne lui avaient pas réussi... Une guigne noire... quoi! Mais un de ses bons amis... un Anglais, venait d'arriver avec une superbe meute de lévriers, de belles bêtes qui vous pincent un lièvre en moins d'une minute.

Pendant ce temps, le bookmaker, de son côté, confessait Estrella.

— Votre mari, disait-il, peut gagner tout l'argent qu'il voudra, s'il suit mes conseils. Voyons! ça vous ennuierait-il d'avoir comme moi des chevaux, des voitures, des villas? Eh bien! il y a deux ans, je paye dix que je n'aurais pas trouvé le moyen de faire cent francs de dettes.

Estrella se sentant fatiguée, on décida de laisser ces dames se coucher. Ces messieurs iraient prendre un verre avant de se séparer.

C'est dans un petit bar, dissimulé dans une rue déserte et sombre, que se réunissaient chaque soir les donneurs au livre.

Le patron du bar, bookmaker dans la journée, versait le soir des consommations anglaises ; cock-tail, stout, porter, pale-ale, etc... Il était d'usage de ne boire que des produits d'outre-Manche.

Théodore et son compagnon dégustaient un « half and half », savamment combiné, quand soudain apparut Mme La rombel.

— Madame accouche ! madame accouche ! s'écria-t-elle, du ton de Bos-

suel clamant : « Madame se meurt,
Madame est morte ! »

Théodore debout, comme mû par un
ressort, restait stupéfait.

— Que faire !... que faire !... balbu-
tia-t-il.

— Parbleu, s'écria le bookmaker, qui
seul ne perdit pas la tête, il faut aller
chercher un médecin ! Vous, madame
Larombel, allez tenir compagnie à la
malade ; moi, je me mets en quête et je
paye dix qu'en moins d'un quart d'heure,
je vous amènerai ce qu'il faut.

Aussitôt fait que dit.

Le bookmaker sortit, s'informa, et
découvrit une élève de la Maternité.

La sage-femme se souciait peu de se
déranger pour une inconnue ; mais
notre homme avait des arguments sans
réplique.

Il tira son portefeuille bourré de billets de banque.

— Vous allez venir de bon gré, et vous serez largement payée... ou je vous emmène de force... par la peau du cou ! Qu'est-ce qui m'a fichu...

Il n'acheva pas. L'élève de la Maternité avait compris et fila doux.

Quand on arriva, il était temps.

Quelques minutes plus tard, Théodore, anéanti, apprenait qu'il était l'heureux père d'un enfant du sexe masculin. Il l'apprit sans enthousiasme d'ailleurs.

Les idées de responsabilité, de paternité, montaient confusément à son cerveau. Et il aurait volontiers giflé Mme Larombel qui ne cessait de dire :

— On prétend que les fils ressemblent à leur mère ; voilà un paroissien qui donne tort au proverbe : c'est tout le portrait de son auteur.

Son auteur ! Sans mettre un instant en doute la fidélité de sa maîtresse, Théodore ne pouvait croire qu'il fût pour quelque chose dans la création de ce petit être braillard.

Quant à la mère Larombel, elle avait trouvé une phrase qu'elle répétait à satiété :

— Voyez-moi le beau garçon, papa.

Ce qui exaspérait Théodore, qui n'en pouvait croire ses oreilles. Un papa, lui ! Mais un papa, c'est un monsieur chauve, en pantoufles, en bonnet de coton, en calotte de velours, tel feu M. Larose qui, du haut des cieux, sa demeure dernière, devait faire une singulière tête en considérant le dernier rejeton de sa race, ce pauvre bébé, pour lequel la

layette, ce luxe pieux des plus modestes
ménages, n'avait même pas été préparée!

Pendant que Mme Larombel saccageait
ses draps et ses serviettes pour fournir
des langes à la sage-femme, Théodore
remonta dans son « usine à idées » où
un lit provisoire lui avait été dressé.

Il ronfla à poings fermés, comme si
rien de nouveau ne s'était produit dans
son existence.

Il fut réveillé par un concert étrange.
Sous les fenêtres, on hurlait :

> Sonnez, sonnez, cor et musette,
> Car un baptême est une fête
> Pour les parents, pour les amis,
> Pour les habitants du pays.

C'était Amable Tronquois et ses collè-
gues qui, désireux de montrer du tact et
du savoir-vivre, avaient mis au pillage les
fleuristes d'Asnières pour orner et parfu-

mer la demeure de la nouvelle accouchée.

Ils demandèrent le nouveau-né, et se déclarèrent disposés à payer dix que ce serait un gaillard solide et un rude lapin.

On se mit à boire à la santé du poupon, du papa, de la maman, et on alla à la mairie déclarer le jeune citoyen, non sans s'arrêter dans plusieurs cafés.

La journée fut chaude, et, le soir, on rapporta Théodore chez lui.

Il avait voulu tenir tête à la bande, mais n'était pas de force.

A sept heures, il était ivre-mort.

Ces messieurs, d'ailleurs très corrects, ne le quittèrent que dûment déshabillé et couché.

— Quelle cuite, mon empereur ! disait Amable Tronquois en descendant l'escalier ; mais aussi, que diable, on n'est point papa tous les jours !

CHAPITRE XI

L'hiver avançait, humide et pluvieux.

Les bicoques de Mme Larombel, séduisantes en été par le grand soleil, devenaient inhabitables dès la fin d'octobre.

«L'« usine à idées » s'était transformée en une espèce de champignonnière. La chambre à feu de la maison, possédant une cheminée qui par miracle tirait bien, était la seule pièce dans laquelle il fût possible de se tenir. On y faisait un feu de corps de garde, et dès l'aurore on s'y pressait, au grand complet. Théodore, Estrella, le jeune Ludovic, une gamine qu'on avait prise pour laver les langes du petit, enfin Mme Larombel, aussi empressée qu'importune.

Ce qui la rendait surtout insupportable, c'était sa manie de répéter une même phrase dont le premier effet lui avait semblé satisfaisant :

— Ah ! monsieur, si madame votre mère voyait votre enfant, elle en deviendrait folle.

Ce n'était pas, d'ailleurs, l'avis de Théodore, tremblant à la seule idée de l'intervention maternelle. Et en tout cas, si jamais un rapprochement pouvait se produire, ce ne serait certes pas par Mme Larombel, qui s'offrait pourtant à porter le petit Ludovic au Havre et à le déposer aux pieds de Mme Larose. Une

entrevue entre Mᵐᵉ veuve Larose, bou-
rgeoisement correcte et inaccessible aux
grands élans, et Mᵐᵉ Larombel, tumul-
tueuse et pleurnicharde, semblait à Théodore une énormité.

Pour échapper à l'obsession de sa propriétaire, le papa malgré lui sortit après
déjeuner.

C'était d'ailleurs sa coutume. Non qu'il
ne songeât plus au roman commandé
par Boutilois; mais allez donc travailler
dans des conditions semblables. Eussiez-
vous le génie de Molière, il vous faut un
oreiller pour dormir tranquille, et une
mansarde solitaire pour travailler. Et
tout ça lui manquait à l'époque précise
qu'il s'était fixée pour se mettre à l'œuvre. Il avait bien tenté de s'isoler au
café sur un coin de table, mais il était
bientôt dérangé par ses amis, Amable

Tronquois en tête. Ces messieurs passaient leur temps à jouer au « poker ».
Qu'eussent-ils fait? La saison des courses était passée; quant aux lévriers de
Levallois-Perret, ils ne suffisaient point
à occuper grand monde. Donc les gros
bonnets de la cote préféraient se reposer et faisaient ce qu'ils appelaient la
« petite partie d'amateurs », courtoise-
ment d'ailleurs. Le bookmaker est beau
joueur, et joueur honnête. Cela tient à
son habitude de manier l'argent d'au-
trui, d'établir une comptabilité rigou-
reuse, de rendre le pari à tout preneur
grincheux. Aussi, quand il joue pour son
compte, on n'a pas de meilleur partner.
De plus, entre gens de la même profession également persécutés par une police
tracassière, la solidarité a surgi. Que
l'un d'eux, malheureux en ses paris ou

trop « cigale », soit gêné pendant la saison difficile, les « fourmis » de la corporation interviennent, l'aidant de leur bourse, de leur crédit. Tel « serré » en décembre remonte sur sa bête en avril et l'hiver suivant vient à son tour au secours d'un collègue.

En telle société Théodore prenait des habitudes nouvelles. Arrivé presque toujours avant tout le monde, il faisait la manille avec les premiers venus. Puis vers quatre heures commençait une partie de poker durant jusqu'à sept heures. A neuf heures elle reprenait, enragée, et continuait jusqu'à une heure, se prolongeant quelquefois après la fermeture des cafés chez l'un des joueurs. Traité en privilégié par toute la bande, le seul qu'on appelât « Monsieur », le jeune Larose s'était fait une

existence de paresse qui était d'ailleurs
absolument dans ses goûts. Puis, c'était
une paresse lucrative. En effet, si la
chance le favorisait, il emportait son
gain ; si au contraire il perdait, l'ami
Tronquois était là pour payer les diffé-
rences et obliger le perdant de la pièce
de cent sous destinée à assurer pour le
lendemain la vie du petit ménage. C'é-
tait un échange de bons procédés. Ama-
blé Tronquois, ayant fait bâtir une nouvelle villa de fort mauvais goût mais
très luxueuse, comptait sur Théodore
pour différents conseils. De plus, il espé-
rait épouser une petite bourgeoise teintée de littérature, devant laquelle il se
trouvait un peu embarrassé; c'est encore à Théodore qu'il s'adresserait pour
le piloter et le chaperonner. Donc Tronquois obligeait Théodore; mais ce der-

nier joignait à la paresse l'intempé-
rance, et le soir rentrait, neuf fois sur
dix, plus qu'éméché ! Dans ces heures
d'ivresse il reprenait confiance et croyait
encore à son génie.

— Oh !... si j'étais riche ! ronchonnait-
il, ou plutôt si j'avais maintenant la fortune dont je disposerai, que ne ferais-je
pas !

Et devant ses yeux passaient en mirage
les gravures aperçues aux devantures
des papetiers : Ohnet dans son cabinet
de travail, Detaille dans son atelier, Pail-
leron en son hôtel, Sarcey dans sa bibliothèque.

— C'est bien malin de travailler quand
on est installé de la sorte. La paix, le silence, l'éditeur qui vous sollicite, que
de leviers puissants ! Tandis que je rentre en mon taudis, dormez votre som-

meil et réveillez-vous triomphants, ô
vous qui n'avez qu'un bouton électrique
à pousser pour faire venir le livre qui
vous renseigne, ou le secrétaire qui
écrira sous votre dictée.

Et il rentrait rageur : c'était le seul
moment de la journée où il fût désa-
gréable. Car en toute autre circonstance,
et quand il n'était point absorbé par
d'envieuses pensées, Théodore n'était
point un mauvais diable. Bien au contraire. Il puisait dans un égoïsme profond une bienveillance universelle : il
avait la bonhomie de l'indifférence.

Au matin, par exemple il entendait,
sans rien dire, brailler le petit Ludovic
qui continuait à peu l'émouvoir, et les
jérémiades de Mme Larombel, plus insupportable que jamais depuis que le
préfet de police avait, dans un but resté

ignoré, supprimé les courses de chiens.

— Et on dit que nous sommes en liberté ! gémissait-elle.

C'est ainsi que passait l'hiver devenu maintenant sec et froid. Les jours se suivaient, monotones pour tous, sauf pour Estrella que le petit Ludovic enchantait.

Sa seule tristesse était de ne pas voir son ivresse partagée par Théodore, chez qui la fibre paternelle ne vibrait décidément pas.

Il est rare que l'homme s'éprenne vivement du petit être que berce la femme comme une poupée à peine plus animée que les mannequins d'Huret. D'ailleurs, si un enfant dans un ménage régulier est le complément obligé de deux êtres, ici la situation était bien différente. Le petit Ludovic était, pour Estrella, ce qu'est l'enfant pour toute

femme : la chair de sa chair, l'être attendu
avec curiosité, reçu avec amour. Pour
Théodore il ne représentait qu'un acci-
dent, presque une maladresse, nuage
dans le présent, orage dans l'avenir.
N'était-ce pas un peu pour s'étourdir que
Théodore jouait et buvait? Psychologue
attentif il s'interrogea et n'osa pousser
trop loin la confession de son mal, tant
la conclusion lui semblait effrayante.

Il glissait, par une pente fatale, de
l'ivrognerie à l'alcoolisme.

Et de fait, chaque soir, après le poker
obligatoire, il avait, suivant l'expression
imagée de Mme Larombel, un sérieux
pompon.

Un soir, il piqua, en rentrant dans sa
chambre, une tête dans le berceau de
Ludovic, qui se réveilla culbuté en pous-
sant des cris de paon. Estrella, après

avoir recouché son fils, s'occupa du père,
et pour la première fois hasarda une
timide objection :

— Tu ne fais plus rien, toi qui as tant
de belles choses à écrire ; tu devrais te
remettre au travail.

— Où ! quand !... comment !... hurla
Théodore. Écrire dans cette pièce, entre
un enfant qui crie et une bonne qui lave !
Ou là-haut, dans cette Sibérie où l'humi-
dité décolle les papiers !

Estrella qui, pour discuter, n'était pas
de force, sentit ce que sa réflexion avait
d'inopportun. Elle s'excusa et tout rentra dans le silence.

CHAPITRE XII

Amable Tronquois était au comble de
ses vœux. Sa petite bourgeoise teintée de
littérature et de bonnes manières avait
enfin consenti à convoler avec lui en de
justes noces. Aussi avait-il activé les travaux de sa villa pour y recevoir dignement l'épousée. Mais auparavant il in-
vita tous les amis, anciens et nouveaux,
et fit à sa vie de garçon un enterrement
de première classe. La fête fut splendide
et l'on se sépara fort tard dans la nuit.
Théodore, qui n'avait pas quitté Tron-

quois de la journée, qui avait pris sa
part de toutes les tournées, de tous les
apéritifs, du dîner et du souper, rentra
chez lui abominablement gris et battant
les murs. Deux fois il trébucha, la troisième il s'aplatit dans un énorme tas de
boue.

Il se releva en maugréant :

— Sacrés conseillers municipaux !...
qu'est-ce qu'ils fichent donc... d'accu-
muler de la gadoue pour y flanquer les
contribuables !

Il continua son chemin et, en arrivant
à la maison, il aperçut au seuil Estrella
très pâle, en peignoir blanc, telle qu'un
fantôme.

— Le petit va mal, dit-elle, tout en
larmes.

Et constatant l'état de Théodore :

— Comme tu es fait !

A ce moment un bruit de voix se fit entendre à l'extrémité de la rue.

Estrella prêtait l'oreille.

— Enfin ! voici le médecin ! soupira-t-elle.

C'était en effet un docteur accompagné de Mme Larombel.

Tout le monde pénétra dans la chambre de l'enfant qui respirait difficilement.

Le médecin, un vieillard d'allures brusques, le prototype du major de régiment, s'approcha du lit et examina le petit malade ; puis, à la clarté douteuse de la bougie, il regarda les personnes qui l'entouraient.

Il remarqua Théodore affalé dans un fauteuil.

— C'est vous qui êtes le père ?... Venez de ce côté.

Théodore parvint difficilement à se

remettre sur ses jambes et s'avança en vacillant.

Le docteur vit bien vite à qui il avait affaire.

— Vous êtes ivre, monsieur, dit-il durement.

Puis se retournant vers Estrella :

— Madame, j'aurais préféré m'adresser à d'autres qu'à vous ; mais il vaut mieux que vous soyez informée de suite. Votre enfant a le croup, et on est venu me chercher trop tard.

— Oh ! monsieur ! ce n'est pas de ma faute, répondit Estrella en pleurant ; j'étais toute seule.

— C'est bien ! Tout ce qui peut être humainement tenté, nous le tenterons. Monsieur me fera simplement le plaisir de se retirer ; sa présence ici est absolument inutile.

Théodore eut un mouvement de révolte qui tomba après un geste impéra-
tif du docteur, et il monta dans son grenier. L'ascension fut laborieuse; dans
l'obscurité il chercha son lit de fer et s'y
étendit, invinciblement terrassé de sommeil. Peu de temps après, il dormait à
poings fermés.

. . . .

Quand il se réveilla il faisait grand
jour.

Surpris de se retrouver dans cette
pièce, des idées confuses d'abord, puis
plus précises, lui montèrent au cerveau.

Il sauta en bas de son lit et vit qu'il
était couvert de boue.

Il voulut réparer le désordre de sa toilette, mais n'avait rien sous la main ; il
se décida enfin à ôter son veston et à des-

cendre en bras de chemise. Puis une peur lui vint.

Que s'était-il passé ? Qu'allait-il voir ?

Il craignit surtout de rencontrer le médecin dont le visage sévère s'était gravé dans son esprit malgré les fumées du vin.

Il pensa que plus il tarderait, plus sa conduite serait impardonnable, et descendit.

Dans la maison un grand silence.

La porte de la chambre était fermée.

Théodore l'ouvrit sans bruit. Les volets étaient clos, deux bougies brûlaient auprès du berceau : l'enfant semblait dormir.

Estrella, debout, était en proie à cette douleur cruelle qui ne trouve plus de larmes.

Théodore comprit.

Un énorme sanglot le secoua : il tomba à genoux.

Il pleura longuement de honte, plus que de douleur.

Quand il se releva, il vit Estrella toujours immobile.

Il s'approcha d'elle; mais la jeune femme d'un geste le repoussa.

Il comprit que ce n'était pas le moment d'insister et se retira.

Mme Larombel l'attendait à la porte.

Avec un air de gravité compassée, sans cependant faire allusion aux événements de la nuit précédente, elle lui fit comprendre qu'il devait s'occuper des démarches.

Le jeune homme partit, presque satisfait de pouvoir s'éloigner.

Les formalités furent accomplies avec le concours d'Amable Tronquois qui se

montra comme toujours bon garçon et
généreux.

En rentrant, Théodore apprit de
Mme Larombel que la mère s'était en-
fermée dans sa chambre et désirait passer
la nuit auprès de son enfant.

Il ne fit auprès du berceau qu'une
courte apparition, et pour la première
fois sentit en lui se briser quelque
chose.

Dans une nuit d'insomnie, il réfléchit
longuement, versant des larmes sincères,
n'essayant pas d'appliquer à son aventure sa méthode documentaire par laquelle il construisait mentalement un
scénario sur tout ce qui lui surve-
nait.

Le lendemain, les hommes des Pom-
pes funèbres arrivèrent suivis d'Amable
Tronquois et de ses amis. Ces messieurs,

très graves, vêtus de noir, étaient char-
gés de fleurs, et le cercueil du petit
Ludovic disparut sous un monceau de
roses et de lilas blanc.

Mᵐᵉ Larombel était restée auprès d'Estrella éplorée.

Le cortège alla de la maison mortuaire
à l'église, de l'église au cimetière, sans
aucune défection, rigoureusement com-
posé d'hommes, mais tous très graves et
très dignes. Au cimetière, Théodore dé-
sira rester seul et demeura longtemps
auprès de la tombe ; il lui semblait qu'il
devait quelques méditations au petit
être qu'il avait si peu aimé de son vi-
vant.

Il rentrait tristement, lorsque, dans
une rue déserte, il aperçut, trop tard
pour l'éviter, le médecin qui était venu
donner ses soins au petit Ludovic.

La rougeur au front, il salua le vieillard; mais, malgré ses yeux baissés, il
devina qu'un regard froid et méprisant
tombait sur lui.

CHAPITRE XIII

Les beaux jours revenaient, les arbres verdissaient. Il y avait un an environ qu'Estrella et Théodore étaient venus à Asnières, après la débâcle du *Don Juan* et la rupture avec Montclair. Mais combien était changée la vie des locataires de Mme Larombel! Entre eux, on sentait une sourde gêne. La jeune femme passait des journées entières sans parler, et faisait à la tombe du petit Ludovic de longs et solitaires pèlerinages. Elle refusait,

dans ce pieux devoir, la compagnie de
Théodore. Elle éprouvait pour son amant
un éloignement progressif et silencieux,
se plaignant d'indispositions constantes,
désireuse de vivre isolée. Larose s'était
de nouveau installé dans son grenier,
non pour y travailler, certes, il n'y son-
geait même pas; mais pour fuir ainsi sa
maîtresse.

Peu à peu il retournait à la société des
anciens amis, allant aux courses dans la
journée, et, le soir, faisant d'intermi-
nables parties de poker. Des rêves littéraires de jadis il n'était plus question.
Mme Larombel elle-même, si flattée autrefois d'abriter sous son toit un romancier, avait reconnu à quel incorrigible
paresseux elle avait affaire, et traitait
maintenant son locataire avec une ré-
serve tournant parfois à l'aigreur. Elle

gardait toutes ses tendresses pour
Estrella, et les deux femmes ne se quit-
taient plus, et souvent avaient de mystérieux conciliabules. Un jour, en rentrant inopinément, Théodore entendit
distinctement ces paroles prononcées par
Mme Larombel :

— Cet homme-là vous mettra sur la
paille.

Théodore eut un vague pressentiment
qu'il s'agissait de lui; mais, redoutant
une scène, il ne chercha point à péné-
trer le mystère.

Il constata pourtant que les relations
devenaient de jour en jour plus ten-
dues; l'orage était imminent : il ne tarda
pas à éclater.

De plus, Amable Tronquois venait de
se marier. Toujours très correct et pour-
suivi du désir de se montrer homme du

monde, il estima qu'il devait faire un
voyage de noces. Ce départ eut pour effet
de fermer du jour au lendemain la caisse
où Théodore pouvait puiser les jours de
dèche, et — c'est toujours ainsi — la
déveine s'en mêla. Le jeune homme perdit régulièrement tant aux courses qu'au
poker, et se trouva un beau matin sans
un sou! Cela ne l'eût point inquiété autrefois, mais, maintenant, il n'en était
pas de même. Mme Larombel avait parlé
à différentes reprises de sa petite note;
elle n'allait pas tarder sans doute à revenir à la rescousse.

Elle le fit un soir, à la fin du dîner, au
moment où Théodore demandait, le plus
poliment du monde d'ailleurs, du cognac
pour mettre dans son café. Mme Larombel, qui visiblement rongeait son frein,
éclata.

— Du cognac, hurla-t-elle, du cognac !
Ce n'est sans doute pas de l'ordinaire
qu'il faut à monsieur, mais de la fine
champagne supérieure, Martell carte
blanche ?

Théodore devint très rouge. C'était la
première fois que semblable algarade lui
était faite. Il bégaya :

— C'est sans doute parce que je vous
dois quelques babioles que vous me
parlez ainsi. Je crois pouvoir vous faire
observer que je vous ai toujours régulièrement payée. Un peu de patience et
vous le serez encore.

— Oh ! les promesses !... je sais que
vous savez les faire ! mais moi, vous ne
me mettrez pas dedans comme une personne que vous connaissez bien.

— Que voulez-vous dire ?

— Je veux dire que c'est honteux

d'exploiter une petite femme gentille comme ça. Il faut que vous n'ayez pas de cœur !

Théodore resta stupéfait. Il se demanda quand et comment il avait pu exploiter une petite femme gentille. Ses regards tombèrent sur Estrella qui paraissait être au supplice. Il ne comprit pas davantage.

— Voudriez-vous m'expliquer?... se décida-t-il à répondre.

— Il faut être vraiment bouché, s'exclama Mme Larombel qui perdait toute mesure ; oui, bouché !... archi-bouché ! Vous ne voyez pas que voilà une petite créature mignonne qui s'étiole dans votre société ? Ah ! monsieur se paye des maîtresses qui pour toute satisfaction subiront ses soûleries et mangeront la soupe et le bœuf avec cornichons les jours de fête carillonnée !

— Madame, interrompit Théodore, ces
observations gagneraient à être faites sur
un autre ton, et à être présentées par la
seule personne intéressée. Estrella est
assez grande fille...

A ces mots Estrella éclata en sanglots.

Mme Larombel s'élança vers elle et, la
prenant dans ses bras, la couvrit de baisers.

— Vous n'allez pas la faire pleurer
maintenant, criait-elle. Je vous l'ai déjà
dit, vous n'avez pas de cœur ! Quand on
est décavé comme vous l'êtes et qu'on
aime sérieusement une personne, on la
lâche plutôt que de lui faire perdre ses
belles années. Pauvre petite ! elle n'a
même pas un bijou à se mettre au doigt,
une robe convenable à se fourrer sur le
dos. C'est-y vous qui la nourrirez quand
elle aura soixante ans ?

14

Théodore n'y tint plus.

— Cette conversation est odieuse et vous êtes une vieille folle !

Mme Larombel, cramoisie, bondit vers la table, saisit une bouteille qu'elle brandit au-dessus de sa tête.

— Vieille folle ! Vieille folle ! hurla-t-elle. Répétez un peu, pour voir... et je vous casse ça sur la margoulette ! M'insulter, chez moi, dans ma maison !... Tenez, vous n'êtes qu'un salopiaud !... et je comprends Estrella quand elle me dit que vous la dégoûtez ! Oui !... elle me le répétait encore tout à l'heure, vous la dégoûtez.

La jeune femme se cachait la figure dans les mains.

La discussion était devenue dispute, et, du dehors, on devait entendre ; du reste, par la fenêtre ouverte, on voyait un mitron qui écoutait, très amusé.

Théodore sentit qu'il n'aurait pas le
dessus avec Mme Larombel, capable, plutôt que de s'avouer vaincue, d'ameuter
tout le quartier.

Il se domina et reprit, en apparence du
moins, tout son calme.

— Restons-en là! je vous prie. Il ne
saurait me convenir de me disputer dans
de telles conditions au su et entendu
des populations voisines...

— Voilà de bien belles phrases et...

— Laissez-moi finir... et je me retire...
ce que vous semblez désirer. Estrella,
continua Théodore en se tournant vers
sa compagne, je rentre rue de Grammont. C'est là que tu viendras me
trouver si, comme je veux l'espérer, les
paroles de cette femme sont menson-
gères...

— Cette femme!... cette femme!... rugit Mᵐᵉ Larombel.

— Oui!... cette femme !... et cette sale femme, ajouta Théodore en faisant claquer la porte sur ses talons.

Il sortit accompagné des vociférations de la vieille.

Dehors, il trouva le petit mitron qui le regardait d'un œil moqueur.

Toute sa colère s'exaspéra et, dans un besoin de détente nerveuse, il interpella le patronnet.

— Qu'est-ce que tu as à rire, toi... imbécile?...

— Moi, m'sieu... j' sais pas...

— Eh bien, attrape! mauvais drôle...

Et il décocha au gamin un furieux coup de pied qui marqua sur le pantalon de l'enfant qui s'éloigna en hurlant.

Un peu calmé, Larose se trouva sur le quai.

Le soleil, or et pourpre, se couchait derrière le Mont-Valérien, dont la silhouette se découpait à l'horizon ; on voyait distinctement les constructions du fort. Par une coulée oblique, une lumière rouge, qui brûlait le ciel, incendiait les arbres de l'île de la Grande-Jatte.

Le paysage, ainsi vu, avait un caractère de calme et d'apaisement dont Larose sentit l'influence, et il se souvint que c'était un effet semblable qu'il avait fait admirer à Estrella, un an auparavant, jour pour jour, le soir de l'arrivée à Asnières.

Que de choses s'étaient passées, depuis ! L'idylle commencée se terminait en drame. Arrivant devant le café Lechenault, vers la gare, à la proximité de la-

quelle il voulait rester pour prendre le
train, Théodore se sentit le gosier sec.

— Prenons le dernier bock, dit-il.

Il entra, et pensa alors qu'il n'avait
pas un sou en poche.

Mais il était suffisamment connu pour
avoir crédit.

Il but donc, avidement, plusieurs
quarts coup sur coup.

Puis, regardant la pendule :

— J'ai le temps, dit-il, d'aller là-bas,
faire la partie de poker.

Il sortit, et se rendit dans un autre
café, où il joua sur parole, et si bien,
que le patron dut le mettre à la porte
avec ses compagnons à une heure du
matin.

Il regretta alors de n'être pas parti di-
rectement pour Paris, comme il en avait
eu l'idée. Il pensa à demander à ses ca-

marades de jeu une hospitalité qui ne
lui aurait pas été refusée ; mais il aurait
dû raconter sa triste histoire, et préféra
marcher à l'aventure toute la nuit. L'aurore commençait à poindre quand il vit
devant lui un grand mur blanc : son
cœur se serra.

Il était devant le cimetière où reposait
le petit Ludovic.

Il fit plusieurs fois le tour du champ
de repos : les oiseaux s'éveillaient dans
les branches ; des terrassiers, porteurs
de lourdes pelles, vinrent sonner à la
grille ; le gardien ouvrit.

Par-dessus le mur, les floraisons de
mai tendaient leurs tiges embaumées.
Théodore en fit un bouquet et le porta
sur la tombe de l'enfant. Là reposait un
lambeau de sa jeunesse, là Estrella venait pleurer chaque jour.

Au moment de sortir du cimetière, Larose se retourna une dernière fois, et envoya dans l'espace, au grand mur blanc, un suprême baiser d'adieu.

CHAPITRE XIV

Il y a loin, pour un homme qui a piétiné toute une nuit, d'Asnières au centre de Paris.

En arrivant boulevard des Italiens, Théodore sentit, comme on dit vulgairement, les jambes lui rentrer dans le corps.

Il avait eu le temps de réfléchir ; qu'allait-il faire ?

Estrella reviendrait-elle ?

Une question menaçante se posait aussi : la question d'argent.

Théodore ne connaissait plus personne à Paris ; et d'ailleurs, parmi ses anciens camarades, aucun n'était assez riche pour le tirer d'affaire.

Suivant sa coutume, il s'en rapporta au hasard. C'est dans cet état d'esprit qu'il vint rue de Grammont.

Devant sa maison, il s'arrêta court, et une honte l'empoigna. Il n'osait se présenter devant son concierge pour lui réclamer sa clef. De plus, il s'était miré dans les glaces d'une boutique, et sa tenue lui avait paru déplorable. Il n'était pas sans ressembler au fils prodigue, dont parle la Bible, revenant à la maison paternelle.

Il franchit pourtant le seuil de sa porte, et pénétra chez le concierge.

Une surprise l'y attendait.

Mme Larose était assise dans la loge.

Mère et fils se trouvaient en présence et se regardèrent un instant sans mot dire.

Ce fut Mme Larose qui rompit le silence.

Ayant pris la clef de l'appartement, elle désigna d'un geste impérieux l'escalier.

— Monte, dit-elle.

Théodore obéit.

L'appartement était toujours dans le même état, très soigneusement entretenu et comme attendant la venue de son propriétaire.

Le jeune homme craignait une scène violente. Il n'en fut rien.

Mme Larose, très posément, sans colère, expliqua ses griefs : le *Don Juan*, l'argent follement dépensé, les études de droit abandonnées ; elle passa discrète-

ment sur la personnalité d'Estrella, fit à
peine allusion au petit Ludovic (car elle
n'ignorait rien), mais elle insista sur
les mauvaises fréquentations mascu-
lines qui avaient entraîné son fils à
faire un métier inavouable.

— Tu n'as pas, je pense, l'intention de
continuer cette existence indigne de toi.
Tu n'as, d'ailleurs, pas été très heureux
pendant le laps de temps passé loin de
moi.

Théodore en convint sans difficulté.

La maman se montra alors et continua
son discours plus affectueusement. Elle
peignit la douce vie que mènerait son
fils en rentrant au bercail, et la conclusion fut que Théodore tomba aux genoux de sa mère, l'embrassa tendre-
ment, et promit tout ce qu'elle voulut.

Mme Larose, arrivée la veille au soir,

et désireuse de repartir le plus tôt possible, demanda que son fils restât encore une huitaine, le temps de se remonter une garde-robe. Elle ne voulait pas le voir revenir au Havre « attifé » comme il l'était. De plus, il fut convenu que les meubles seraient envoyés au Havre et l'appartement mis à louer, pour que rien ne subsistât d'une erreur dont on ne reparlerait jamais.

La mère remit à son fils la somme nécessaire à l'exécution de ses projets. Un soir, en rentrant, Théodore trouva une lettre timbrée d'Asnières :

« Monsieur,

» Mme Estrella me charge de vous faire savoir qu'elle ne retournera pas rue de Grammont. Elle vous sera en outre obligée de ne rien faire pour la revoir.

» Recevez, monsieur, mes civilités empressées.

» MÉLANIE LAROMBEL.

» *P.-S.* — Je vous rappelle que vous avez une note se montant à 152 fr. 55. »

Huit jours après, vêtu de neuf, et fidèle à la consigne, Théodore traversait la place du Havre pour prendre le train à la gare Saint-Lazare.

C'était la Fête des Fleurs.

Une voiture, magnifiquement décorée de roses, débouchant de la rue d'Amsterdam, attira son attention.

Il blêmit en reconnaissant Estrella, magnifiquement habillée, et Mme Larombel, en toilette tapageuse. En face des deux femmes, Boutilois, l'air heureux, épanoui, couvant Estrella du regard...

Les femmes l'aperçurent en même temps.

Mme Larombel le foudroya d'un regard triomphant, Estrella détourna la tête. Boutilois n'avait rien vu...

FIN

ÉMILE COLIN — IMPRIMERIE DE LAGNY

AVIS DE L'ÉDITEUR

Le but de la collection des *Auteurs célèbres*, à **60** *centimes le* volume, est de mettre entre toutes les mains de bonnes éditions des meilleurs écrivains modernes et contemporains.

Sous un format commode et pouvant en même temps tenir une belle place dans toute bibliothèque, il paraît chaque quinzaine un volume.

CHAQUE OUVRAGE EST COMPLET EN UN VOLUME

En jolie reliure spéciale à la collection, 1 fr. 25 le

(ENVOI FRANCO CONTRE MANDAT OU TIMBR

PARIS — IMPRIMERIE E. FLAMMARION, RUE RACINE,